第十七回岡山県
内田百閒文学賞
受賞作品集

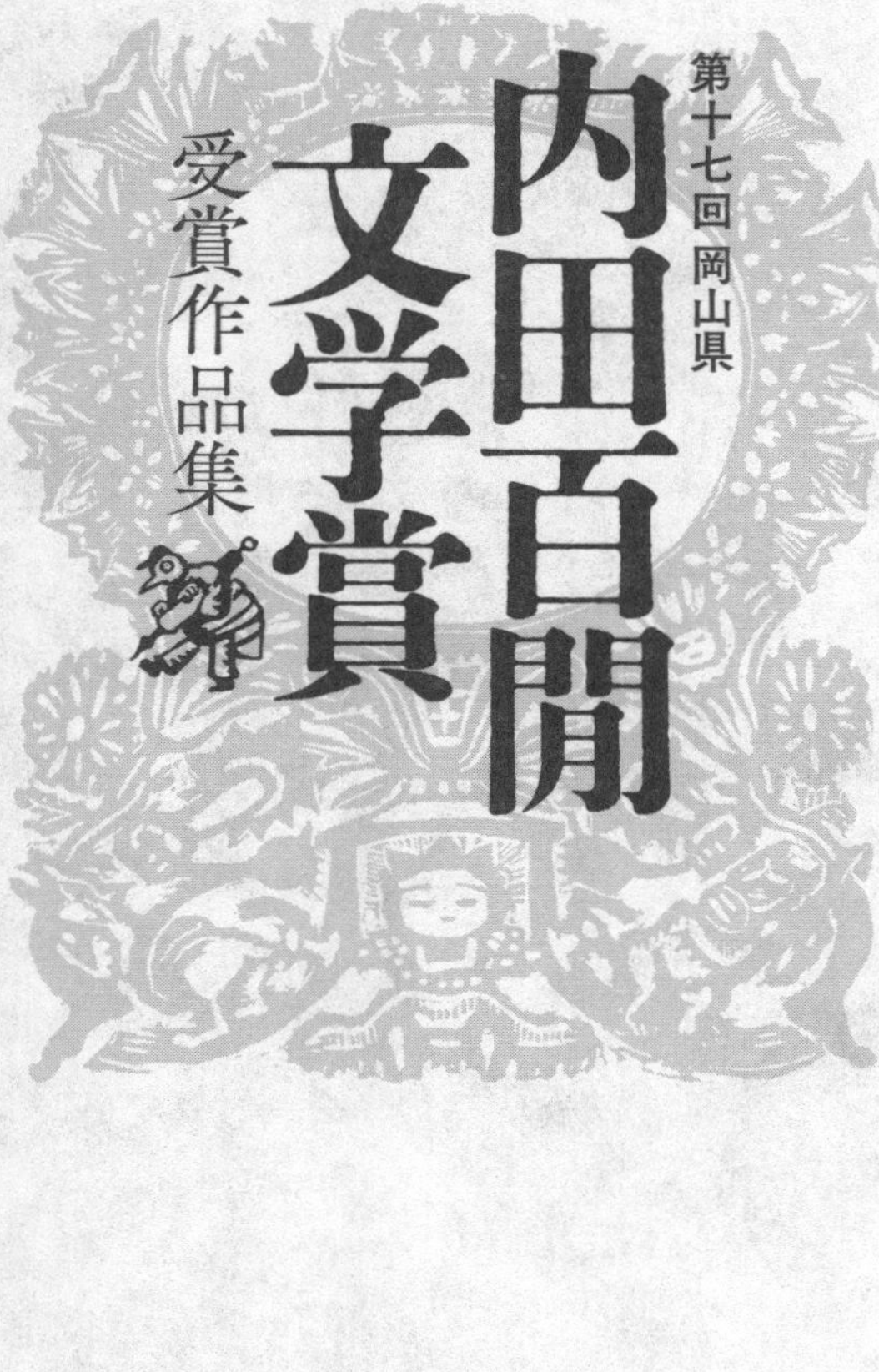

《最優秀賞》

泣き女

寺田勢司

〈著者略歴〉
寺田勢司（てらだ・せいじ）
昭和五十九年石川県生　大阪府在住
現　職：自営業
受賞歴：第三十八回さきがけ文学賞　選奨
　　　　第四十回さきがけ文学賞　入選
　　　　第二十七回伊豆文学賞　最優秀賞

厳しいお産になることを、産婆《さんば》のひさは覚悟していた。

産婦《さんぷ》が息みに伴う唸り声をあげるたび、梁に括られた力綱《ちからづな》がみしみしと音を立てる。引っ張られた綱のせいで屋根組が軋《きし》み、荒ら屋《あばらや》のごとき粗末な納屋は、今にもひしゃげてしまいそうである。

「遠慮しちゃあおえんで。山犬《やまいぬ》みてぇに叫ぶんじゃあ、ほれ」

血が混じった破水《はすい》で濡れた筵《むしろ》の上で、継ぎ当てだらけの粗末な掻巻《かいまき》を腰に巻いた産婦は、こめかみに青筋を立てて息んでいる。

ひさは焦っていた。

二度目のお産であるにも拘わらず、すでに一刻《いっとき》（二時間）を経ている。これ以上長引けば産婦の精も魂も尽き果ててしまうであろう。できるだけ早く子をひきあげねば、母子ともに危険な状態となるのは火を見るよりも明らかだ。

鼻を打つ魚油の灯りが産婦の額に浮かぶ玉のような汗粒を照らす。仄《ほの》暗い建屋の隅には一本の蝋燭《ろうそく》の灯火《ともしび》が揺れている。

「もう一息じゃけん、蝋燭が消えっしまう前にもうひと頑張りじゃあ。ほれ」

この国の女たちは、難産知らずと言い伝えられている犬にあやかり、戌《いぬ》（西北西）の方角に向かってお産にのぞむ。だがそんな信仰の甲斐も虚しく難産と相成った場合は、蝋燭に火を灯し、その灯火《ともしび》が消えるまでにお産が済むよう観音様に祈りを捧げる。

ひさも強く願っていた。

この赤子にはなんとしても無事であってほしい、と。

「そりゃあ、頑張れ、もう頭が見え隠れしょうるけん」

手伝いに来ている近所の百姓の女子に、「そろそろじゃ。湯の支度しんさいよ」

と産湯《うぶゆ》の支度を言いつけたのであった。

産婦の夫が宮部《みやべ》から坪井《つぼい》、久世《くせ》辺りまでのお産を引き受けているひさのもとを訪ねて来たのは、半年ほど前のことであった。

夫はひさの住まう家にやって来るなり、「薬ゅう譲ってくれぇや」とにべもなく言った。

名子《なご》と呼ばれる百姓のなかでも一等貧しい身分であるこの男の家には一昨年《いっさくねん》、子をひきあげに行っている。元気な男の子であった。

医者でも薬肆《やくし》でもない産婆のひさのもとに薬を所望しに来る理由はただひとつ。この男の妻に新たな命が宿ったのだと察した。

あたかも腹下《はらくだ》しに効く丸薬《がんやく》でももらいに来たかのごとく、呑気に、そしてのうのうと薬をよこせと言う態度が癪《しゃく》に障った。

「もうやめたんじゃ、作るんは」

そう返事をすることが、せめてもの抵抗であった。

「ほんなら裏手のありゃあなんなら」

ふらりとやって来たように見えて、家の周りをうろついて、庭の隅々まで周到に覗《のぞ》き見ていた男の抜かりなさに、背に手でも突っ込まれたような不快感を覚えた。

猫額という言葉がふさわしい、ひさの家の庭の隅っこには、目も彩《あや》な赤い実をつける多年草が植え付けられている。

「ありゃぁ宿場《しゅくば》の女のためのもんじゃ」

ひさが住む坪井の在所から程近い、出雲街道《いずもかいどう》の宿駅《しゅくえき》である坪井宿《つぼいしゅく》と久世宿《くせしゅく》。公用の旅行者を泊める御用宿《ごようやど》から、他国の商人を泊める他国商人宿《たこくしょうにんやど》、通りがかりの旅人を泊める旅籠屋《はたごや》と、様々な客層に合わせた多種多様な宿が軒を連ねている。

宿の数だけ、そこには働く女が居る。

宿場で働く女たちは皆、様々な事情を抱えている。

ひさは止むに止まれず泣きついてくる宿場の女たちのために庭の草花を丹精込めて育てている。手前勝手な都合のためではない。

「おめぇさんの手ぇ煩わせせんためじゃがな。譲っちゃあくれんか？」

どこの男もそうやっていつも、もっともらしい耳当たりの良いことを言う。男たちが並べた御託を前にすれば、子を孕《はら》んだ女の身体のことや赤子のことなど二の次三の次なのだ。

庭先で風に揺れる、鮮やかな濃い緋色の実をつける毒草鬼灯《ほおずき》。

本草《ほんぞう》の世では酸漿《さんしょう》などと呼ばれている。夏の盛りに実をつけた鬼灯を根ごと引き抜いてお天道様に晒《さら》す。干涸《ひから》びてすっかり生薬に姿を変えた干し草を細かく砕く。薬研《やげん》なんてものは高価でとても買えないから、使えなくなった鍬《くわ》の柄でもってしてひたすら叩く。身勝手な男たちの顔を思い浮かべながらひたすら叩きのめす。そうして出来上がった粉末を煎じ、身籠った女子に含ませ続ければ、往々《おうおう》にして男たちが望む子堕《こおろ》しが成就するわけだ。

「なんなら、おめぇさん」

帰って来た岩吉《いわきち》が名子の男に声をかけた。

岩吉は出雲街道で伝馬人足《てんまにんそく》を生業とするひさの夫である。

「子堕しの薬ゅう貰いぃ来たんじゃが」

ひさの表情を見て、状況を察した岩吉。小さく息を吐いて、

「ひさよぅ、分けちゃれぇ」

と顎をしゃくって突《つ》っ慳貪《けんどん》に言い放った。

夫にこう言われては仕方なく、鼻紙に赤茶の粉末を包んで渡してやった。容量を違えると母親の身体に甚大な影響を及ぼす旨《むね》を噛んで含めるように伝え、飲ませ方についても事細かに言って聞かせたのであった。

その後どうなったのか、経過は預かり知るところではなかったが、こうやって呼ばれて子をひきあげるに至っているということは、薬石《やくせき》の効《こう》はなく、子は母親の腹の中で生き長らえたというわけだ。

だからこそ厳しいお産になることをひさは覚悟していたし、無事に産まれてほしいと

思っている。

ひさは赤子の頭を掴み首の向きを変える。

「さぁあとひと息じゃ。こっちゅう見んさい。うちの声に合わせて息め。さぁいくでぇ、せぇぇの」

どこを見るでもなく視線を宙に漂わせていた産婦は、虚《うつ》ろな目をひさに向け、再び丹田に力を込めた。

産婦の渾身の息みに合わせて頭蓋を引っ張り出すと小さな肩が覗いた。手伝いの女子に赤子が落っこちぬよう介助の指示を出し、ひさは産婦の背に手を回す。そして最後の息みを促した。唸り声に合わせもう一方の手で、産婦の腹を潰すように押し込んでやれば、無事に赤子が滑り出てきたのであった。

ツツジの木を焼《く》べて沸かした産湯で赤子の身体を洗い、手伝いに来ている近所の女子に肌着の着せ方を指南して赤子を託す。そして肩で息をする母親のそばに寄り、股座《またぐら》を拭ってやってから、籾《もみ》が詰まった叺《かます》を背にあてがって、姿勢を整えてやった。

「元気な子じゃ。よう頑張った。さぁわかっとろぉ。こっからが正念場じゃけんな」

二度目のお産だからその辛さは身をもって知っているだろうが、なんとも気の毒でならない。励ますことしかできないのが歯痒《はがゆ》い。

横になると血があがってしまうことから、出産を終えた女子は身を横たえてはならない。産後からおよそ十日間、いつなん刻《どき》も、そしてなにがあっても座して過ごさなければならないのだ。

お産を経験した女子は皆、産む辛さよりも、その後の座って過ごさねばならない日々のほうが辛かったと口を揃える。

ひさは母親を励ましながら手を拭い、納屋を後にして、夫たちが待つ母屋《おもや》へと向かった。

縁側に座り、濁った酒を呷《あお》りながら知らせを待っていた夫は、ひさの姿を認めると妻の容態を気遣う素振りを少しも見せず、またお産の労をねぎらうことなども一切せずに、おもむろに赤子の性別を尋ねてきた。

女子じゃ、と応じると、夫の顔つきは暗がりでもはっきりとわかるほど厳しいものとなり、目配せをして家の裏手へと誘った。

月明かりも届かぬ真っ暗な家陰《やかげ》で足を止めた夫は、背後や辺りを確認すると、

「うちじゃあその赤子はよう面倒見切れんけん、里親探してくれぇや。おらんのんなら

捨てるなり間引《まび》くなりしてくれぇ。うちで七夜《しちや》は迎えれんけんのぅ」

と声を忍ばせた。

こうなることは予想していた。

右を見ても左を見ても等しく貧しい坪井の里。回国《かいこく》の山伏《やまぶし》は「この辺りは奥羽《おうう》と並ぶほどに貧しい」と言い残していったとか。

今に始まったことではないし、数多の男の口から吐き出されたこの手の台詞を、幾度となく耳にしてきたひさの心は今更乱れることはない。

長大息《ちょうたいそく》した夫は続ける。

「あんたがこさえた薬が効きゃあ、ひきあげんでも良かったねぇな。効きが悪《わり》ぃんじゃ。あんたもうちも、せんでええ苦労が増えたんじゃ、薬の作りかたぁ見直したほうがええで」

と当《あ》て言《こと》を溢《こぼ》した。

おめぇはなんも苦労してねぇじゃろ、と捲し立ててやりたい衝動に駆られるも、ひさは喉元まで込み上がってきた言葉を既《すんで》のところで飲み下した。

「親心がついたら面倒なけん、とっとと赤子は引き取ってくれぇよ。礼はあとで届けるけん、頼むで」

「男子《おのこ》じゃったら良かったのにのう」と止《とど》めの捨て台詞を残して夫は踵《きびす》を返し、闇に塗れていった。

遣り場のない怒りを携え、産屋《うぶや》代わりの納屋へ戻る。戸越しに赤子の元気な泣き声と、手伝いの女子と母親の話し声が聞こえる。

ひさは臍《ほぞ》を固めた。

「此度は難産じゃったけん、この赤子はこれからの二、三日が山場じゃ。生きるか死ぬかの瀬戸際じゃけん、なんかあってからじゃあ遅《おせ》ぇ。うちが預かって夜通し面倒みる。乳母も医者もすぐ近くにおるけん安心せぇ。無事山ぁ越えりゃあ戻しぃ来るけん、あんたぁ床上げに向けて養生しんさい」

誰とも目を合わせぬよう、努めて冷静に、そして淡々と言って身支度を済ませ、手伝いの女子から赤子を取り上げようとした刹那、つと目がぶつかった。

概ね察しはついているのであろう、手伝いの女子の表情には遣る瀬なさが滲《にじ》み出ていた。

泣きじゃくる赤子を取り上げて戸口へと向かう。戸の引き手に指をかけた刹那、ひさを呼び止める母親の声が戸内に響いた。その声音は切実なものであった。

顧みて見れば、母親の目には涙が溢《あふ》れていた。その目からは、想いも溢れていた。

ひさは視線を逸らさずにはいられなかった。

「いっぺんだけ、いっぺんだけでええけん、抱かせてくれんかのう」

震える声と乞い願う母親の表情に、ひさの胸の底は深く深く抉《えぐ》られ、腸《はらわた》は締め付けられるような痛みに襲われた。

忌々《いまいま》しい夫の残酷な言葉の数々が頭を過《よぎ》り、ひさは心を鬼にした。

「いけん。お産の後は休むんがなによりじゃ。早う休め。ええな」

手伝いの女子に、母親の世話は抜かりなきように、と厳に言いつけて戸に手をかけた。

これから母親は産穢《さんえ》を避けるために、ひと月ものあいだ、このぼろぼろの破れ屋で一人、過ごすこととなる。家族が使用する竈《かまど》や井戸に近づくことは許されず、もとより会うことも許されない。これからしばらくのあいだ、手伝いの女子だけが頼りなのだ。

どうか、励まし合い、支え合って乗り越えてほしい。そう願い、ひさは敷居を跨《また》いだ。

戸を閉めると、粗末な土壁越しに激しくしゃくりを上げる母親の声が聞こえた。

満天の星空に悲痛な泣き声が響く。

わたしは拐《かどわ》かしも同然だ。

無情な口入屋《くちいれや》や女衒《ぜげん》よりも質《たち》が悪い。

わたしは鬼だ。子を奪う鬼なのだ。

ひさは身をずたずたに切り刻まれるような想いを押し込め、逃げるように納屋を後にしたのであった。


赤子を引き取るとまず真っ先に、伝馬人足であり、津山《つやま》城下や久世宿に出入りする夫の岩吉に頼み、里親を探してもらうこととしている。

仕事柄、顔が広いからすぐに見つかることもあるが、名乗り出る里親がなければ、地下《じげ》の大庄屋や城下の町役など裕福な家の門前に捨て子として置いてくることとしている。そこでおおむね見つかるはずなのだが、それでも里親が決まらない場合、郡代《ぐんだい》や町奉行《まちぶぎょう》の手配で里親が探される。子に恵まれない夫婦や人手の足りていない家などに引き取られて育ててもらうことになる。

最もおぞましいのは、里や城下のどこかに腹を痛めて産んだ子がいるのだと母親が思い込んで気を病んだり、錯乱することを恐れ、産まれてまもない赤子を亡きものにしてくれと家族から頼まれることだ。

濡れた手拭いを赤子の顔に被せたり、幾重にも折り重ねた綿入れを赤子の顔にあてがい息ができぬようにしたり、膝頭で赤子の喉を潰してしまうなど殺《あや》めかたは様々だ。

すぐに殺せと言わなかっただけでもあの夫は人の心を持ち合わせていたのかもしれない。

名子の家には、夜通しの介抱も虚しく、赤子は亡くなってしまったと伝えるつもりだ。


赤子を引き取った翌々日、坪井宿の町尻《まちじり》にある商家の遣いがひさのもとを訪ねてきて、家主の母親が亡くなったことを告げた。

「すぐに向かうけん、あんたぁ久世の手前の一里塚《いちりづか》のそばに茶屋があるけん、そこのいつさんに知らせんさい」

と言いつけ、早速支度に取り掛かった。

ひさの住む坪井の里では、ひきあげばあさんと呼ばれることもある産婆は、赤子のひきあげのほかに湯灌《ゆかん》も請け負っている。

津山のご領地で人が亡くなると、地下であれば村の年寄《としより》から大庄屋へと知らせが入り、地域を差配する肝煎《きもいり》が指示を出して葬式の支度に取り掛かることとなっている。

町方も同様で、故人の住まい地を分担する保頭《ほうとう》と呼ばれる町役から町年寄《まちどしより》へ、そして町を三つに分けて支配している大年寄《おおどしより》へ知らせが入り、葬式の手配が始まる。

坪井の里は挙母内藤《ころもないとう》家のご領地であるため津山松平《つやままつだいら》家の支配地でないものの、仕来《しきた》りは地域一帯で同じく、宿場の顔役が葬式の差配をすることとなっている。

遺族はなにもせずに留守居役《るすいやく》に段取りの一切を任せることとなっており、その留守居役の指図で遣わされた飛脚役の若者がひさのもとにやって来たわけだ。

半刻《はんとき》ほど遅れてやって来たいつとともに遺族立会のもと、湯灌を滞りなく執り行った。

枕飯《まくらめし》の支度の手順や死者が寝ていた畳の洗いかた、湯灌に使用した道具の始末の方法などを道具役のものたちに指南し、座棺に入れて良いものなどを事細かに遺族に伝え、ひさたちは帰り支度を始めた。

「明日は何人来れるんなら？」

片付けに追われるひさのそばににじり寄ってきた留守居役は声を潜めて問うた。

「うちといつさん含めて全部で四人じゃ」

「一人一升《いっしょう》じゃけどええかのぅ？」

「なら門前で終わりじゃけどよろしいか？」

留守居役は眉間に皺寄せ顎を引く。

「慕われとったばあさまじゃ。墓まで来んさい」

唐突な求めに、ひさは手を止める。

「一升じゃあ墓までは行けれん。無理じゃ」

留守居役の相好ににわかに憤りが滲んだ。

「なんならおめぇ、足元見よってからに」

不穏な空気を醸す二人のやりとりを傍《かたわ》らで聞いていた年嵩《としかさ》のいつが割って入った。

「一升なら門前で終わりじゃ。これは昔からの仕来りじゃけん。文句があるんならご先祖様に言うてくれんかのぅ」

加勢に根負けしたのか留守居役は、憮然とした表情のまま席を立ったのであった。

ひさたちは葬式の際に雇われる泣き女《なめ》だ。泣《な》き婆《ばば》や弔《とむら》い婆《ばば》とも呼ばれている。

泣き女とは、葬式を取り仕切るものたちに雇われて、玄関口や門の前に座り、故人を泣いて送り出すものたちのことを指す。

亡きものを悼んで流された涙は、故人にとってご馳走になると言われており、津山の辺りでは泣き女を呼び、悲しみを深めることによって遺族や縁者たちの涙を誘い、故人を送り出す習慣が根付いている。

三合泣《さんごう》きから三升泣《さんしょう》きまで、喪主の懐事情に合わせて様々な泣きかたを想定しており、一升を下回るならさほど泣かず啜《すす》り泣き程度、二升を超えれば野辺送りの列に加わって泣きながら墓場まで出張《では》る。三升ともなれば遺族が家に戻るまでついて回ることとなっている。

湯灌に出向いた翌日の朝五つ（八時）、坪井宿の西の外れにある鶴坂神社《つるさかじんじゃ》に参集した産婆のひさ、久世の茶屋の店主いつ、坪井宿の旅籠の女中であるみや、香々美《かがみ》の山立《やまだち》の妻であるとよの四人は葬式が行われている町屋へと向かう。

いつはひさの九つ年嵩の四十四歳。いつと同じ年回りであるとよは四十三歳、一等若いみやは二十三歳で、ひさはその間の三十五歳と年齢は様々だ。

戸内から往来にまで響く南無妙法蓮華経《なむみょうほうれんげきょう》を聞きながらひさたち四人は、町屋の前に並んで座り、支度に取り掛かる。通りに面して横一列で四人が座っている形だ。

「立派な仮門《かりもん》じゃな」

いつは手拭いを冠りながら大戸の内側に拵《こしら》えられた藁の仮門を褒め立てる。

死者の出棺の際、棺は平常の門を使用してはならないこととなっており、町屋の場合は藁で編まれた仮門を拵え、大戸の前に据える。棺が仮門を潜り終えると、門火《かどび》と呼ばれる火を起こして藁の門を焼き捨てることがこの辺りでの慣わしだ。

「最近は歳のせいで、これがねぇといけんのじゃ」

年嵩のとよが懐から取り出したのは、未だ青さの残る金柑《きんかん》の実。

「夏は柚子、冬は金柑じゃ」

とよはおもむろに金柑を指で潰す。

顎の下の結び目を気にしながら、頬っ被り姿となったいつが茶々を入れる。

「なんならおめぇ、もうこの稼業は潮時じゃねん。泣けれんのならもうやめぇ」

とよと遣り合えるのは同年輩のいつしかいない。

「そうじゃとよさん、こないだの葬式もそりょう使うとったじゃろ？　周りは金柑臭うてかなわなんだし、遺族も顔顰《かおしか》めとったで」

旅籠の女中であるみやが同調し、加勢する。

「真面目に泣きょーるうちととよさんが同じ手当てなんは不公平じゃで」

責め立てられるとよはそんな批判もどこ吹く風といった様子で、金柑の汁がついた指を目の周りに擦り付ける。

「くぅぅ、効くぅ。ほれ、もう涙が止まらんで。要るか?」

とよは目を真っ赤にしてみやに近づいて戯《おど》ける。

「要らん。うちゃあそねぇなもんに頼らんでもまだ泣けるんじゃ、臭《くせ》ぇなぁ。その匂いは嫌いなんじゃ」

若いみやは顎を引いて鼻を摘む。

「まだ金柑あるんか、とよさん?」

二人のやりとりを遮るように、ひさはとよに金柑を所望した。

「なんなら、おめぇも泣けんのか? ひさ」

泣けると胸を張って答えることができなかった。今日は泣ける自信がなかった。きっと先日のお産のことや、引き取った赤子のことが尾を引いているのだろう。泣ける気がしなかった。

「あるけん、使いぃ」

受け取った金柑は、鮮やかな山吹色をしていた。力を込めて握り潰すと、鼻腔の奥を刺激するつんとした匂いに包まれた。

「お、そろそろ来るで」

いつしか止んだお経の代わりに、三和土《たたき》を踏みしめる草鞋の音が聞こえ始めていた。通り庭を覗き込んだいつの言葉を皮切りに、一同は居住まいを正して、顔を伏せた。

ひさは金柑の汁に塗《まみ》れた指を目の下に這《は》わせる。強い刺激に視界がぐにゃりと歪み、目が開けていられなくなってしまった。

棺を担ぐ男たちが仮門を潜り抜けた足音を耳をそばだてて確認した四人は、各々口元や目元を手拭いで押える。

いつは洟《はな》を啜り、小刻みに肩を揺らしながら泣き始める。いつの泣きは慎ましく、参列者の情に訴えかける品のある泣きかただ。

みやはいつものようにしゃっくりを出し、目元を押さえている。しゃっくりを交えて泣くみやは、まるで幼女のようで可愛らしい。

とよは声をあげ、顔を涙と洟で濡らしながら泣き始める。ときに突っ伏し、ときに参列者の裾を掴んで縋《すが》るなど、そこまでしなくともと思える大仰なとよの泣きかたは、迫るものがある。

ひさは顔を伏せて、あくまで控えめにと心掛けながら泣くようにしている。いつ直伝の慎ましい泣きかただ。

この日の手当ては昨晩取り決められた一升。ゆえに門前で仕舞い。四人は各々の泣きかたで野辺送りの葬列の最後尾を見送ると、先までの悲嘆に暮れる様子がまるで嘘だったかのようにぴたりと泣くのを止め、手当の米を受け取るとそそくさと帰路についたのであった。


帰る方角が同じひさといつは、出雲街道を西へと向かう。

「近頃はどねぇなん、忙しゅうしょうるんか」

「はい、おかげさんで」

産婆に湯灌に泣き女と、生業としている三つの仕事のほかにも宿場や在所の女子たちの相談を受けるひさの日常は忙しい。

元々は年嵩のいつが、先達として地域の産婆を担っていた。ひさはいつからひきあげの手解きを受けており、いわば師弟の関係に当たる。泣き女も同様で、いつから指南を受けていた。ひさが活計を立てていられるのは全ていつのおかげである。

しかしいつはもう産婆をやめてしまった。

この日から遡ること三年前。宮部の在所で百姓の妻のひきあげに立ち会ったいつは、尽力も虚しく、母子ともに死なせてしまった。初産《ういざん》に加えて腹の子が逆子《さかご》、そして出産の際に母親の産道が傷付いたことによる失血であった。

あえなく亡くなってしまった妻を大層慕っていた夫は悲嘆に暮れ、母子の死後、気を病んで行方を晦《くら》ましてしまった。

村の庄屋から土地を預けられていた平百姓《ひらびゃくしょう》であったこの家は大黒柱を失い、残された老夫婦が田んぼを守ろうと必死に働いたが、どうにも立ち行かず、土地や家屋は村が差し押さえることとなった。

この家が耕していた田畠《でんばた》は惣作地《そうさくち》と呼ばれる百姓不在の荒地の扱いとなるのだが、不在だからといって領主は年貢の取り立ての手を緩めることはない。

村全体でこの家が納めていた年貢を肩代わりせねばならない。結局、出奔《しゅっぽん》した夫は戻ることなくとうとう絶人《たえにん》となってしまった。絶人となれば惣作地の権利は別のものに委譲される。ひさが先日ひきあげに行った家のような名子と呼ばれる、一等貧しい百姓に土地があてがわれ、年貢を納めるために身を粉にして働かなければならないのである。

なんとも後味の悪い離散の顛末と、間引きや捨て子など、多年に亘る不条理に堪えきれなくなっていたいつは、産婆仕事から足を洗い、夫とともに街道沿いで旅人や近在の百姓に茶碗酒《ちゃわんざけ》を出す茶屋の店主となっている。家計の足しと後継の育成のため、泣き女は変わらずに請け負っているのが現状だ。

ひさはふと、預かっている赤子の貰い手に心当たりはないか、もしくは一緒に探してもらえないかと尋ねてみようと思い立ったが、開きかけた口は自然と閉ざされてしまった。

もうこんな話を聞きたくはないはずだし、聞きたくないからやめたはずだ。

「あんた疲れとんじゃろう、顔が窶《やつ》れとる」

なにも答えられずひさは顔を伏せる。

「それに今日も泣けんかったんじゃろ」

返事をせねばと思えば思うほど、口は固く一文字に引き結ばれていく。

「わしもそうじゃった。辛ぇことが続くと、目にするもんは止まって見えるし、口にするもんも味がせんようになる。なんもかもが嫌んなって、泣けんようなるなぁ追い詰められとる証拠じゃで」

図星を指された。

「もう仕舞いにしてもええんで、わしみてぇに。後のことやこぅ考えんでもええんじゃ。

誰もあんたを責めたりゃあせん。ようやってくれた言うてみんな褒めてくれるけん、一人で背負うこたぁない」

いつの言葉にひさの視界は涙で歪んだ。

投げ出したいと思ったことは数が知れない。近頃は喜ばれるお産のほうが少ない。こないだのようなお産が続くと、次第に気持ちは鬱々としていく。赤子や母親が身罷ると、己のせいではないと言い聞かせていても自責の念に駆られるし、家族から赤子を殺せと迫られる恐怖を上手くやり過ごす術は未だ知れずにいる。

心に深い傷を負っているであろう師の言葉は、心に染み渡るものであった。

坪井の里へと向かう道が交差する辻に差し掛かるといつは、

「あんたに押し付けてしもうたわしが言えることじゃねぇのはわかっとるけど、逃げてもえんで。潰れたらおえんで」

とひさの肩を優しく叩き、日の光が満ちる街道を確かな足取りで西へと向かっていった。

久々に四人が集まったその二日後、今度は河内《かわうち》と呼ばれる在所から遣いが来て、村の肝煎の隠居が亡くなったと告げた。

訃報というものは得てして続くものだ。河内の周辺は師であるいつの持ち分である。ひさは支度を整え、湯灌の手伝いへと向かった。

「ねぇねぇ、泣《な》き婆《ばあ》さん、じぃじはね」

年の頃にして四、五歳と思しき遺族の娘が、湯灌を終えて後片付けをしている二人のそばに歩み寄ってきて足を止めた。

「泣いてほしゅうないいうて言いよったよ」

ひさといつは顔を見合わせた。言っている言葉の意味がよくわからなかった。

「なんならお嬢ちゃん、どういう意味なら」

いつの問いかけに娘は、

「じぃじはいっつも人を笑わせとったけん、暗《くれ》ぇなぁ嫌じゃ、葬式は泣いてほしゅうない、笑《わろ》うて送ってほしいいうて言うとったんで」

と故人の遺した意向を述べた。

「お嬢ちゃん、うちらぁは泣くために呼ばれとんで。葬式や野辺送りで笑うなぁ失礼に当たるんよ」

ひさは優しく諭すも娘は、

「でもじぃじはいっつも笑うとったんで。じゃけん笑うたほうがじぃじも喜ぶけん」

と頬を膨らまして食い下がる。

「じぃじの言う通りにしてぇや」

不満げな顔で言い置いて、ぺたぺたと足を鳴らして奥へと戻っていった。

在所では郡代、大庄屋に次いで三番目の高位に当たる肝煎。屋敷も大層立派だ。きっと先の娘は、なに不自由のない日々を過ごしているのであろうと察せられた。

箱入り娘のわがままじゃで、といつは呆れるように言って、そそくさと片付けを続けた。

翌朝、四人は肝煎屋敷に廻らされた垣根の際に並んで座り、淡々と支度を始めた。

不作続きの世情も鑑みてか、この日の手当も一升。先年、河内の大庄屋が亡くなったときで二升泣きであったがために、同じだけの手当にするのは憚《はばか》られるとの配慮がなされたのであろう。

とよが金柑を潰し、あたりに鼻腔を刺激する匂いが立ち込めると、自然と皆の表情が切り替わっていった。

しかしひさの相好は浮かない。

ひさの心のなかには昨晩から、娘の台詞が居座っていた。

泣いてほしくないと言葉を遺しているのに慣例だからといって泣かねばならないのか。

笑って送ってほしいと望んでいるのに、悼み、悲しんで送り出さねばならないのか。皆が皆、嘆き、打ち拉《ひし》がれ、身も世もなく泣き崩れなければならないのだろうか。

「来たで」

玄関から出てきた葬列が、藁で組まれた仮門を潜り、四人が座る敷地の端へと向かってくる。ひさは泣く準備が整っていない。とよに金柑の実をもらおうと口を開きかけた刹那、遠くから甲高い声が晴天に響いた。

「じぃじ、お別れじゃー。またねじぃじ」

嬉々とした娘の声であった。列に視線を転じれば、後方で件《くだん》の娘が手を振っている。その表情は笑顔に満ち満ちていた。

「ばぁばと仲良ぉしんちゃいよー」

鞠《まり》が弾むような声が蒼穹《そうきゅう》に轟《とどろ》く。

気が触れたとでも思われたのか、遺族は娘の口を抑え、そして野辺送りの葬列から引き剥がし、家のなかへ押し込もうとしている。

「しばらくこのお屋敷たぁお別れじゃなー、また盆に戻って来んちゃいよ」

首を振って必死にもがき、声を張り上げる娘の姿にひさは釘付けとなってしまった。

そしてその健気な姿に心奪われてしまった。

「いつさん、うちゃー笑うで」

泣く心づもりでいた三人が、呆然と遠くを見つめて呟くひさに対し、一斉に視線を送る。

一歩一歩、葬列が四人のもとへ近づいてくる。

「どういうことなら、ひささん」

焦ったみやが、とつおいつ首を回し、まごついている。ひさは娘の姿を目で追いながら答える。

「ここの肝煎のご隠居は生前に、泣かずに笑うて送り出してくれぇ言よったんじゃそうな。じゃけんあの娘は、笑顔で棺を送り出そうしょうるんじゃ」

「どねぇなら、いつ」

とよがいつを問い質す。

「慥《たし》かにそうじゃけど、わしらぁ泣き女じゃけん、泣かにゃあおえんじゃろぉ」

親族の制止を振り切り、列に戻ろうとする娘の姿は胸に迫るものがあった。

「あんたらは泣きぁええ、うちゃーあの娘の望み通り笑うちゃるで」

腹を括ったひさは、葬列に向かって声を張った。

「じいさま、達者でなー」

ひさは満面の笑みで葬列に向かって叫ぶ。

「孫娘は元気にしちょるけん、案ずることぁないでー」

若いみやはひさを見て喜色を滲ませ、

「なんならぶち面白そうなけん、うちも加勢するわ。じいさま、皆は元気じゃけん、案ずることぁねぇぞー」

と高調子な声を発した。

列を成す者たちは四人に怪訝《けげん》な表情を向けている。

「もう涙が出《で》っしもうとるけど、これも一興、泣き笑いじゃ。じいさま、ばあさまが待っとんじゃけん、しゃんと成仏しんせぇよー」

とよは金柑のせいで真っ赤になった双眸《そうぼう》から溢れる涙もそのままに、口元に手を添え、笑いながら大声を響かせる。

「なんならあんたら、どねぇなつもりなら。もう手当はもらえれんぞ、知らんけんな。じいさま、わしらぁももうちぃとしたらそっちぃ行くけん、待っとりんさいよー」

観念したのか、いつもの笑顔で加わった。

四人それぞれの喜色に満ちた声が響く。

「この罰当たりめ」

甲高いひさたちの声を掻き消す銅鑼声《どらごえ》が、列の先頭に立つ上人から四人に対して浴びせられた。

日蓮宗《にちれんしゅう》の様々な特色をひとまとめにして煮出したような厳《いかめ》しい人相の上人は、袈裟《けさ》を翻し駆け寄って、口角泡飛ばし四人を罵《ののし》る。

「死人《しびと》に対して歯を剥《む》いて笑い、声を張るなど外道《げどう》の所業、うぬらは奈落《ならく》へ落ちようぞ」

烈火のごとく怒りを露わにする上人をよそに、ゆっくりと歩を進める参列者たちは四人に冷ややかな視線を注ぐ。

「じいさま、笑うて送られてぇ言うけん望み通りにしたら上人様に怒られっしもうたぞー、どねぇしてくれるんならー」

方々から向けられる白けた目つきを撥《は》ね付けるかのようなひさの大声に、ほかの三人も釣られて笑い、

「じいさまのせいじゃでー、飯が食えんようなったら責任とってくれぇよー」

「食い上げじゃ、食い上げじゃぁ」

「そうじゃじいさま、今晩から枕元に三合じゃ、三合の米を届けてくれんせぇよー」

と続ける。参列者のなかには口元を隠し、くすくすと笑いを堪えるものや、肩を揺らすものも居た。

葬式を取り仕切る留守居役が血相を変えて四人のもとへすっ飛んできて喚き散らす。

「おめぇらなんちゅうことをしょんなら、こねぇなことしてわしの顔に泥塗りよってからに、こらえんぞ。もうやめじゃやめじゃ、とっとと去《い》ねぇ、こんちきしょう」

怒髪天を衝く留守居役はまるで穢《けが》れたものでも見るような顔つきとなって、手の甲で追い払う仕草を繰り返している。

もう手当ももらえない。

これから先、泣き女として葬式には呼ばれないかもしれない。

噂が広まり、産婆としてもお呼びが掛からなくなるかもしれない。

しかしひさには微塵の後悔もなかった。

遠くで件《くだん》の娘が変わらず声を張っている。

なぜか四人の表情は晴れやかであった。


喪主であった当代の肝煎は、四人の不行状をすぐさま、河内を支配する代官に言いつけた。


津山の周辺はご公儀が治める天領のほかに、土浦土屋家《つちうらつちやけ》に挙母内藤家《ころもないとうけ》など諸大名の預地《あずかりち》、浜田松平家《はまだまつだいらけ》の飛び地と、まるで庭の踏み石のごとく諸国の領地が入り組んで混在しており、実に厄介な土地柄だ。

ひさの住む坪井は挙母領、葬式が執り行われた肝煎の屋敷がある河内は津山松平家《つやままつだいらけ》の領地である。いつとひさは、津山松平家から遣わされた代官田口与五郎が詰める河内の代官所へと呼びつけられ、尋問を受けることとなった。

六尺棒を突き立てた代官配下の足軽が背後で目を光らせる物々しい雰囲気のなか、庭先の筵《むしろ》に座らされた二人に対し、縁側に座している代官下代は、

「うぬらの所業、肝煎からの処罰の申入れのほかに、上人からも告発があった。うぬら

の態度次第では、お奉行様へ注進すると息巻いておる。まず肝煎の葬式の折に笑うたと聞くが、間違いないか」

と重々しい口調で問い質した。

代官に成り代わって農村へ出向き、百姓たちを直接監督し、また年貢の徴収でも陣頭指揮を取る代官下代。押しが利いた男の醸す空気に二人は完全に呑まれてしまった。

「間違いございません」

「なにゆえ、笑うたか」

いつとひさは互いを見合った。

ここで件《くだん》の娘の名を出せば、あの娘が発端となってここまでの大事《おおごと》になってしまったということになりかねないし、あの娘に累が及べば後生が悪い。眉を八の字にした不安げな表情を向けるいつに代わって、ひさが口を開いた。

「故人が、肝煎のご隠居様が笑うて送り出してほしいと、そう仰せになられましたけん」

「うぬは故人と面識があったのか」

下代は間断《かんだん》なく問いを返す。

ひさは思わず口籠もってしまった。

面識はなかった。湯灌で初めて顔を見た、というのが正直なところだ。ひさが池の鯉のごとく、口をぱくぱくとさせていると、

「わたしめは面識がございました」

沈黙を裂くようにいつが口火を切った。

「そなた、聞くところによれば、かつては産婆であったが、ゆえあって辞め、今は街道沿いで茶屋を営んでおるとのことだが」

「はい、先代様はよくお店にお越しになってくださっておりまして」

下代はぎろりといつを睨《ね》め付けた。射竦《いすく》められたいつは思わず口を閉ざす。

「我ら代官所と肝煎は年貢納入など所務のため往来が多い。まず肝煎ともあろうものが粗末な茶碗酒など嗜《たしな》むわけがなかろう。そもそもかの隠居は下戸《げこ》であったはずだ。加えてここ数年は養生のために臥《ふ》せることもしばしばであったと聞く。そなたの口述、まことであろうか」

その場凌《しの》ぎは早々に見破られてしまった。

いつは顔を伏せ、腿《もも》の上で手を揉みながら言葉にならない声を漏らしている。

「我らに嘘偽りを述べれば、反省の向き之無《これな》しとして然るべき処置をとらねばならん。

ことは大きくなり、うぬらの処遇もただでは済まされんようになるぞ」

脅しとも取れる下代の言葉にすっかり二人は縮み上がってしまった。

ひさは強い後悔に苛まれた。

わたしが笑うなどと言わねば、こんなことにはならなかった。いつさんに迷惑をかけずに済んだはずなのに、わたしがあの娘のひたむきな姿に絆《ほだ》されて、あんな行動を取ってしまったのがいけないのだ。

座敷の真ん中に座り、優しい眼差しで遣り取りを見守っていた代官田口は空咳を挟み、下代を諫《いさ》めた。

「頭ごなしに叱りつけるでない」

田口は目を糸のように細め、口元にうっすらと笑みを湛《たた》えた。しかしその表情はとても心からの笑顔とは思えぬものであった。

「訴え出たものから、葬式の留守居が湯灌を終えたそなた等に対して、しかと泣くように頼んだ。手当は一升でと取り決めもしたと申しておるが、相違ないか」

津山ご領地のなかでも城下以西の河内、日木などはとりわけ地味が悪く、耕作地も狭い。それらの貧しい地域を管轄に持つ代官田口は、厳しい人物であるとの聞こえが高い。

その口振りや態度から謹厳実直《きんげんじっちょく》な人柄であろうことが窺《うかが》い知れた。二人は恐る恐る頷く。

「では前日の湯灌から、当日の朝までのあいだになにがあったのか、有り体《てい》に申せ」

代官直々の尋問にいよいよ観念したのか、いつは葬式の前日にあった経緯《いきさつ》を詳《つまび》らかに自白した。供述を聞き終えた下代は血相を変えた。

「年端も行かぬ娘に唆《そそのか》されて役目に違《たが》い、葬式で笑うなど、不謹慎にもほどがあろう。死者を愚弄する行い。なんたる浅慮《せんりょ》か」

下代の言葉に二人は肩を窄《すく》め、顔を伏せることしかできなかった。

「分別のつかぬ幼子《おさなご》が間違ったことを申したとあらば、諭してやるのが大人の務めであろう。一緒になって不埒《ふらち》に及ぶとは、そなたらも幼子と変わらぬ無分別と言われても仕方あるまい」

無分別と言われ、ひさは向かっ腹が立った。

膝の上の拳がぎしぎしと音を立てた。

分別のつかぬ幼子と断じたが、果たしてあの娘は分別がついていなかったのだろうか。

この役人は、あの娘の健気な姿を見ていないし、故人の望みなど一顧だにしていない。

ただ、己の知ったる慣例や常識に照らし合わせ、居丈高にわたしたちのことを無分別だと判じている。

慣例では葬式とは厳《おごそ》かに執り行うものであろう。しかし故人は孫娘に対して笑って見送ってほしいとの言葉を残していた。もしかしたら、あの娘だけではなくほかの遺族にも望みを託していたかもしれない。しかしあの娘以外の遺族は、葬式とは粛粛と行うものだ、そういうものなのだ、と気持ちを押し殺して我慢していたのかもしれない。そんな状況を鑑みず、葬式にも出ていない役人は勝手な憶測を述べてわたしたちを断じている。

肩肘張った態度で、高いところから道理を語り、諭そうとする下代の態度が許せなかった。

ひさの心境を知ってか知らずか、田口が下代を諫める。

「そなたに説教をさせるためにこのものたちを呼び立てたのではない。二人、改めて問うぞ。肝煎のほかに葬式を仕切った留守居役、経を唱えた寺の上人は大層ご立腹だ。然るべき処分をと求めてきておる。このままではお奉行様に判断を仰がねばならんが、そなたらからなにか申し開きはあろうか」

田口は二人に対し弁明の機会を与えた。

ひさは眦《まなじり》を決して面を上げた。

「お代官様、一つお尋ねしてもよろしいでしょうか？　葬式で笑っちゃあいけんいうて誰が決めたんでございましょうか？　葬式で泣かにゃあおえんいうて誰が決めたんでございましょうか？」

下代が腰を浮かし声を荒げた。

「おのれ、泣いて謝礼をせがむ分際で、なにを抜かすか」

田口は下代を宥《なだ》める。

「皆様がた、お子が産まれればいかがなさいますでしょうか？　泣かれますか？　笑われますか？」

ひさの問いに口元に笑みを湛えた田口は、

「子が産まれるはめでたき仕儀。祝いごとゆえ、笑うのが道理であろう」

と面白がって答えた。

「うちは産婆をしとります。お代官様の仰せの通り、子が産まれれば、赤子は元気よく泣き、大人たちはその声を聞いて喜んで笑う、それが一番じゃ。じゃけどそれは裕福な家の話で、地下《じげ》は事情が全く異なる。近頃は子が元気に泣いても里の大人は誰も笑わん。どうするんなら、誰かにやるんか、殺すんか、それとも捨てるんかいうて、聞くに堪えれん無惨な言葉を口にする大人ばぁじゃ」

もうどうにでもなれ、言いたいことは言ってやる、とひさは思いを定めた。

「赤子が産まれて大人が笑うんが道理と仰せなら、もうこの国にその道理やこぅありゃせん。赤子が産まれても笑う道理やこぅねぇこの国で、葬式で泣かにゃあおえん道理もありゃせん。じゃけん笑うて送り出してほしい言うて頼まれりゃ笑うてもええんじゃねぇんか、そう思うとります」

下代は目角と膝を立てひさを怒鳴りつけた。

「屁理屈を抜かすな。子堕しに捨て子に間引きと、それらに加担しておる不道理者《ふどうりもの》が身のほどを弁《わきま》えずに我らに理非曲直《りひきょくちょく》を語るなど不埒千万」

庭に轟く下代の声を遮るようにいつが声を張った。

「加担しとぉてしとるんじゃございません。子堕しも捨て子も間引きもみんな、貧しさが原因じゃ。宿場で男に夜伽《よとぎ》を強いられて身籠る女子、借金の形に花街に売られる年端もいかん少女、明日食うもんの保証もねぇ貧しい暮らしでどねぇしても子を手放さにゃあいけん百姓の女房。全部貧しさが原因じゃあ。その貧しさは全て、搾り取るような年貢の取立てのせいじゃ。こんな世に誰がしたんなら」

「おのれ、お上の政《まつりごと》を非難するつもりか。いよいよ看過できぬ。うぬらは在籠入《ざいろう》りだ」

在籠とは百姓など地下に住む者たちを押し込める牢屋である。

六尺棒を突き立てた足軽たちが縄を掛けんと、二人の背後に歩み寄る。

「待て」と田口は下代と足軽を怒鳴りつけた。

「ひさとやら、もう申すことはないか」

水を向けられたひさは、師であるいつの言葉に感化され、意を決した。

「うちはあの肝煎のじいさまがどねぇなお方で、どねぇな生涯を送ったんかやこぅ存じ上げません。どこ見ても貧しい地下《じげ》じゃあきっと愉快なことばあじゃなかったはず。じゃけどいっつも笑うとった言うて件《くだん》の娘は申しておりました。立派な心がけじゃあ思います。そんなじいさまが笑うて送ってくれぇいうて孫娘に託した想いにうちらあは応えたんじゃ。代官様や皆様が不謹慎じゃ言われても、うちゃあ後悔しとりゃあせん。そりゃあきっとあの娘も同じじゃあ思います」

田口は心意が読み取れぬ無表情で二人を見つめ、一つしわぶくと、

「よし。そなたらの申し開き、しかと聞き入れた。追って沙汰するゆえ、今日のところは下がってよろしい」

と言い切って場を切り上げ、奥の部屋へと入って行ってしまったのであった。

「もうここらにゃあおれんかもなぁ。あねぇなひでぇこと言うてしもうたんじゃ。所払いで済みゃあええけど」

帰り道、夕日に背を押されながら畦道を行くいつは、遠くを見つめながら呟いた。

少し後ろを歩いていたひさは、地べたに伸びる己の影を踏みつけるように進み出ていつの横で頭を下げた。

「うちのせいじゃ。うちが笑うやこぅ言い出したけん、こねぇな大事になってしもうたんじゃあ。申し訳が立たん」

「ええんじゃ、ええんじゃ。わしもあんたと一緒で笑うたこたぁ後悔しとらん。あんたが代官様に楯突いたときゃあ肝潰したけど、同時に胸がすく思いじゃった。勇気もらえたけん、わしも言いてぇことが言えた。後悔はねぇ」

さぁ亭主に頭下げに帰るんじゃ、と己の先行きなど全く案じていないような晴れ晴れとした表情でひさの肩を叩き、いつは畦道をぐんぐんと進んでいった。

家に戻ると岩吉が泣き喚く赤子をあやしていた。

この日、乳が出る近所の女子に未だ行き先の決まっていない名子の赤子を預けていたが、夕間暮れとなって赤子は家に返されていた。

「やっと帰ってきたか。泣き止まんで困っとったんじゃ。早《はよ》う代わってくれぇ」

岩吉は慣れぬ手つきで抱いていた赤子をいち早くひさに渡そうと近づいてくる。

泣きじゃくる子を抱く危なっかしい岩吉の姿にはしなくも口元が緩んでしまった。

ひさは思わずはっとした。

この赤子が来てからというもの、辛いことや忙しさが続き、ずっと眉間と頬が強張っていたが、夫と赤子の姿を見て、自然と笑みが溢れてしまった。そんな己に驚いてしまった。

「なにがおかしいんなら。おめぇが早う帰ってこんけん、泣きっぱなしなんじゃ。可哀想なけん、早う泣き止ましちゃれぇ」

「あんたの抱きかたが下手じゃけん、泣き止まんのじゃが」

「なんなら、おめぇ」

赤子は岩吉の大きな声に驚き、さらに声高に泣き叫んでいる。

「あぁぁあぁ、そねぇなでけぇ声出したら赤子が驚くけん、静かにしんせぇ」

岩吉は膨れっ面で、ほれ早う、と赤子を渡そうとしてくる。

その姿に再びひさの頬が緩んだが、同時に目頭が焼けるように熱を帯び、そして涙が溢れた。

代官所での緊張の糸が、赤子を抱く岩吉の姿のせいで緩み、感極まってしまった。

「どねぇしたんならおめぇ、笑うて泣いて。顔がぐしゃぐしゃじゃがな。忙しいのう」

ひさは目元を拭い、そして鼻を拭い、笑みを堪えながら岩吉から赤子を受け取る。

小刻みに足踏みをして、胸に抱いた子を揺らしてやれば、赤子はすぐに機嫌を直して泣き止んでしまった。

ひさは赤子をあやしながら思いを巡らす。

まずは代官所でのことを話さねばならない。

もしかしたらもうこの地には居られないかもしれない。そのことをちゃんと謝らないといけない。

だけどきっとなんとかなる。わたしは赤子のひきあげも、湯灌もできる。そしてきっとこの人も、どこへ行ってもやっていけるはずだと確信している。

そして次はこの子のことだ。

わたしたちのあいだに子はない。

幾度となく挑戦はしたが、子を授かることはなかった。

子を堕す助《すけ》をしたり、間引きなどしているから子に恵まれないのだと己を責めることが常だったし、夫に対しても負い目を感じていた。

ひさはふと思った。

この子はすでに七夜を過ぎている。

この家で七夜を迎えている。

引き取り手は未だ、見つかっていない。

これはきっとわたしたちのもとに舞い込んだ縁だ。

赤子を抱きながら、ひさは面を上げる。

「あんたぁ、これから色々と話しゅうするけん、覚悟しんさいよ」

そう言ってひさは、溢れ出てくる涙を拭い、ぐしゃぐしゃな笑顔を岩吉に向けた。

黄昏色に染まった庭を吹き抜けていく風に身を委ねる鬼灯は、ひさの決意を讃し、まるで首肯《しゅこう》するかように大きく上下に揺れていたのであった。

参考文献

『津山市史』津山市史編さん委員会　津山市役所
『旅人たちの歴史1　野田泉光院』宮本常一著　未來社
『55年前は泣き女がいた　立石憲利17歳の民俗調査報告書』立石憲利著　吉備人出版

《優秀賞》

へのへの茂次郎

疋田ブン

〈著者略歴〉
疋田ブン（ひきた・ぶん）
昭和三十七年岡山県美作市林野生　東京都在住
現　職：会社員

茂次郎《もじろう》は、橋の欄干《らんかん》から旭川を見下ろし、

「大水《おおみず》（洪水のこと）になったら、あそこに住んどる人らぁは、どうするんじゃろうか」

と定《さだ》やんに尋ねた。定やんは、

「そうですらぁなぁ」と返事を濁した。

幅の広い旭川の中に細長い島があった。島の建物は川に零《こぼ》れるように密集していた。数え年八つの茂次郎は、そこが遊郭街であることを知らなかった。

「大水になったら、あそこの人らぁは、どうやって逃げるんじゃろうなぁー」

茂次郎は定やんを見上げた。定やんの日焼けした顔が皺《しわ》で縮んだ。

「ぼん。船に間に合わなんだらいけんですけえなぁ。早《はよ》う行きましょうなぁ」

茂次郎は定やんの言葉を流して欄干に身を傾けた。定やんは、茂次郎の肩に手を伸ばし自分の腰に寄せた。

「船の乗り場で、旦那さんも待っとられますけえなぁ」

旦那さんとは茂次郎の父菊蔵《きくぞう》のことであった。菊蔵は岡山県邑久《おく》郡本庄《ほんじょう》で酒の取次販売業を営んでいた。茂次郎は菊蔵の商用に付き添って岡山に来ていた。尋常小学校は夏の休みだった。

その日の昼食は駅《ステーション》の三好野で取った。菊蔵は膳の箸を置くと、奉還町に用があると言い、使用人の定やんに茂次郎を預けた。

「ぼん。そねぇに橋によりかからしゃると、凧《たこ》が潰れてしまいますがなぁ」

茂次郎は表町で買った凧を胸からずらし、「ほん」と空返事をした。茂次郎の目は橋の真下の女を追っていた。女は足を引きずりながら、島を横に走る細い道を川岸に向かって歩いていた。

「ぼん。行きますでぇ」

定やんの手が茂次郎の肩を急かした。茂次郎は尻目で女を追いながら足を進めた。女が橋を見上げた。茂次郎の目が女の目を捉えた。茂次郎は足を止めて欄干を握った。きれいな人じゃなぁ、と思った。

「よそ見しとったらいけんがなぁ。ぼん」

定やんの手が茂次郎の肩を掴んだ。女は川岸に着くと両の手を胸元で交差させた。女の身体が傾いた。ドボンと音がした。甘くくぐもった音だった。定やんの手が茂次郎の視界を切った。

茂次郎の母也須能《やすの》が豆腐の汁を椀に張っていた。姉松香《まつか》が汁椀を座敷に並ぶ箱膳に配った。膳には仕出し屋で誂《あつら》えた料理がのっていた。

肥沃な平地に恵まれたここ本庄は、備前米の一大産地であった。南北に貫く千町《せんちょう》川は瀬戸内海に繋《つな》がり、多くの船が上り下りしていた。本庄の人々は川を頼りに生きていた。またここは、牛窓港から北に向かう交通の要所でもあった。芸人も往来した。出雲や伊勢の神楽、阿波や淡路の人形遣い、大阪や遠くは東京の旅芸人一座、祭文《さいもん》語りに覗きカラクリ。本庄はよく賑わった。ここの人々の物堅い百姓気質の中には、遊蕩《ゆうとう》の髄《ずい》が隠れていた。

菊蔵は煙管を灰吹にポンッと叩きつけると、

「今日は、難波《なんば》屋の献立じゃあねぇんかぁ」と箱膳を睨《にら》んだ。難波屋は本庄で一番大きな旅館であった。薄味のいい料理を出すので、菊蔵は贔屓にしていた。

「難波屋の料理人が夏風邪をひいたらしゅうてなぁ。茂木屋のもんじゃけど、まあ我慢して食べられぇ」

也須能が夫の不機嫌をとりなした。

「菊蔵、そねぇな贅沢を言うたらいけんがぁ」と続けたのは、菊蔵の母利久《りく》であった。いさめながらも、その息子の口を驕《おご》らせたのはこの利久であった。

菊蔵の家は街道筋の顔であった。平家の落ち武者の末であると言われていた。代々、造り酒屋を営みながらかなりの地所を有した豪農であった。この裕福な家に嫁いだ利久は、滅多に台所には立たなかった。面倒くさがったのだ。仕出し屋や旅館に料理を誂えるようになった。気が向けば岡山へ二人の車夫に人力車を引かせて、折り詰めを求めた。

利久の隣では祖父の市蔵《いちぞう》が、歯のない口をもぐもぐ動かし言葉にならない言葉を呟いていた。この市蔵の代の時、造り酒屋を閉めた。親族が集まり市蔵を隠居させた。菊蔵が市蔵から家を引き継いで十三年になっていた。菊蔵は酒の取次販売を始めた。しかし家運は戻らなかった。煽《おだ》てられるまま村会議員にもなった。人のいい菊蔵は家業を二の次にした。こうして、市蔵の代から始まっていた地所の切り売りに、拍車がかかった。

松香が座敷から一段下がった板の間に汁椀を差し出した。定やんが膝をにじらせ、「ああ、御馳走《ごっつぉう》になります」と受け取った椀をおし戴いた。

定やんは本庄の生まれだった。数え年七つで岡山に奉公に出た。そこで悪い仲間ができ、牢に入れられた。その身柄を引き受けたのが市蔵の父親だった。維新前の話である。定やんはこの家の使用人になった。菊蔵の代を含めると、三代にわたって仕えていた。身を固めたこともあった。が、娶《めと》った女は紐で首を吊った。定やんは、「わしゃあ、女子《おなご》を不幸にするようじゃけえ」と苦笑いして独り身を通した。定やんはこの屋敷の離れに住んでいた。そして恩家の家運を憂いながら、店の用や奥向きの雑務を勤めていた。

茂次郎は定やんから、「旭川の橋の上で見たこたぁ、誰にも話したらいけませんでぇ」と言われていた。そしてその日、いつもは口数が少ない定やんが饒舌《じょうぜつ》だった。定やんの陽気さに、茂次郎は約束の念を押されていると思った。

「表町には、なんぼでも、ええ店があるのになぁ」と、定やんは茂次郎が凧を買った店の話を始めた。

「ぼんは、ようあんな端っこにある店を、探しだしたもんじゃあなぁ」

定やんは黄色い並びの悪い歯を覗《のぞ》かせて声を張り上げた。そして続けて、

「この夏場に、まだ凧を飾っとりましてなぁ。いろんなものが、ごちゃごちゃでなぁ。

ぼんは通りから、店の奥で埃《ほこり》を被っとる凧を見つけられてなぁ、それに吸い込まれるようになりんさって」と、茂次郎に目をやり、

「ぼん。あそこは、ちらかっていましたなぁ」と身体を乗り出した。茂次郎は蒲鉾《かまぼこ》を天井のランプに透かしていた。その仕草に定やんは目を細めて、

「店に入ったら、一目散に、あの凧の方に行《ゆ》きんさって」と座敷の奥に立てかけてあった凧を示した。その凧には、ろくろ首の絵が描かれていた。にょきにょきと首を伸ばしたろくろ首は、三味線を抱えて笑っていた。

「冬場にならんと、凧が揚がるような風は吹かんでぇ、今、買《こ》うても遊べれんでぇ、と何《なん》べん言《ゆ》うても、聞いてくれんのんで、わしも根負けしてしもうてなぁ」と、定やんは猪口《ちょこ》の酒を飲みほして茂次郎を見た。茂次郎は膳に屈《かが》みこんで汁椀に息を吹きかけていた。

「茂次郎。熱いんかぁ」と母也須能の目が茂次郎の顔を掬《すく》い上げた。茂次郎は大きく頷いて唇を尖《とが》らせた。

也須能は青々と剃った眉を寄せて、

「松香。茂次郎の汁を冷ましてあげられぇ」と頷いた。松香は弟から椀を預かると、それを掌に包み「ふぅー、ふぅー」と息を吹きかけた。茂次郎は椀の縁すれすれに迫る姉の

唇を見つめた。

「茂次郎。お前、あねぇなもん買うて来て、気色悪うねぇんかぁー」と祖母利久が箸を膝で揃えた。定やんは猪口を膳に置き、

「いんにゃあ（いやぁー）、ご隠居の奥さん。奴《やっこ》だ、やれ金太郎だ、俵藤太《たわらのとうた》だぁと、なんぼでもええ凧は飾っとったんじゃけど、ぼんがどうしても、あの凧がええ言うてなぁ」

と、赤胴色に熟した顔を崩した。

「化《ば》け物《もん》の女子《おなご》が笑《わろ》うとる凧じゃあ、茂次郎、天の神様が嫌がるでぇ。お前、それじゃあ、空高《たこ》う上がらんがなぁ。なぁー」

利久は鉄漿《かね》の歯を掌で隠して笑った。

「おばあちゃん。凧の女は、笑うとらん」

「茂次郎。そねぇなこと言うても、ほれ見てみい。とぐろを巻いた首の先で、口を吊り上げて、ニタッと笑うとるがなぁー。なぁ」

「笑うとりゃあせん。ありゃあ、泣いとるんじゃあ」

「あれが、泣いとるんかぁ」

「そうじゃ。定やんの背中の弁天さんと同《おんな》じじゃあ」

茂次郎は定やんの背中の彫り物を見るのが好きだった。縮緬皺《ちりめんじわ》の肌の上で、立膝をした弁天が琵琶を抱えていた。

「ぼん。わしの背中の弁天さんが泣いとりますか」

「ほん。泣いとる。定やんの背中で泣いとる」

「こりゃあ、わしは本当《ほんま》に女子《おなご》を不幸にするようじゃなぁ」と定やんは笑った。それに合わせて菊蔵が笑い、利久が笑い、也須能が笑った。無心に箸を動かしていた市蔵は手を止めた。茂次郎は隣の姉松香を見た。松香が笑うと、椀の縁に唇が触れた。

梅雨明けの晴天が続いていた。定やんが言ったとおり、凧を揚げるような風は来なかった。茂次郎は自分の部屋に寝そべり、明り障子の光の乳色を頼りに、焼杉の天井を見ていた。うねうねとうねる木目を追っていると、いくつもの物語が作れた。襖《ふすま》の向こうから、「茂次郎や、居《お》るかぁ」と、利久の声がした。壁に立てかけてあったろくろ首の凧が倒れた。

「何《なん》じゃあ、おばあちゃん」と、茂次郎は凧を壁に立てかけた。襖が開いた。

「お前、前髪が目にかかっとるじゃろう。揃えとこうなあぁ」

「まだ、ええ」

「いけん、いけん。暑《あつ》うなったら、前髪が鬱陶しゅうなるけん。今のうちに、切っとこうなぁ」

利久は握り鋏を手にしていた。茂次郎は障子に向かって座らされた。膝に山陽新報の強《こわ》い紙が広げられた。顔に障子格子の影が映った。

「目ぇ、つむっとれぇ」

利久の息で茂次郎の前髪が震えた。その震える髪に冷たい櫛の感触が走った。

「おばあちゃん」

「何じゃあ」

「あの、真っ白い顔は何じゃろうかぁ」

「何のことじゃあ」

「屷のことじゃあ」

鋏の動きが止まった。屷には、ろくろ首の他にも様々な妖怪が描かれていた。遠くの山から姿を現す大入道や、破れから舌をペロリと出した提灯や、老人顔の赤ちゃんなど。そして、衿《えり》を大きく抜いたろくろ首の肩の後ろには、目も鼻も口もない真っ白い顔が覗いていた。

「あれのことかぁ」

「顔に何にもない女のことじゃあ」

「ありゃあ、のっぺら坊じゃあ」とまた鋏が動き出した。

「のっぺら坊」

「そうじゃ」

「何ものうて、可哀そうじゃなぁ」

「見たらいけんもん見て、嗅いだらいけんもん嗅いで、言うたらいけんこと言うたら、ああなるんじゃ」

それは利久の作り話だった。

「何が見たらいけんもんなんじゃ」

「世の中には、ぎょうさんある。大人《おせ》になったら、よお分かるけんなぁ」

茂次郎は、橋の上で自分の目を覆った定やんの手を思い出した。定やんは「誰にも言うたらいけん」とも言った。

「これで、さっぱりした。もう目ぇ開けてもええでぇ」

茂次郎は、眉間を絞りながら瞼《まぶた》を上げた。午後の陽を透かす明り障子を背にした利久の顔は、目も鼻も口もないように見えた。

やはり凧を揚げられる風は吹かなかった。茂次郎は凧を揚げたいわけではなかった。極彩色に閉じ込められたろくろ首が、青空に抜け出すのではないかと、妙な期待をしていた。定やんが障子紙を二本細長く切り、足だと言って凧に貼り付けてくれた。その真っ白い長い紙が空にひらひら舞う様も、期待に加わった。思いはますます募った。

菊蔵の家から遠からぬ小高い丘に神社があった。秋口にはそこで「妙見様」と呼ばれる祭りがあった。芸事好きの土地柄らしく、浄瑠璃に合わせて所作を演《や》り妙見様を慰めていた。祭りの面や衣装は昔から菊蔵の家が預かっていた。稽古を始める時期だと言って、氏子総代が訪ねて来た。

也須能が総代を案内して蔵に入った。茂次郎の顔が陰った。蔵は茂次郎の秘密の遊び場だった。淡暗い蔵の中で面や金糸を綴った衣装を見るとわくわくした。衣装は幾着も、面は幾枚もあった。面を被り衣装を羽織ると、物語が数珠つなぎとなって浮かんできた。特に女面を被ると、臍の下がうずうずした。

氏子総代が訪ねて来た日の三日前のことであった。茂次郎は忙《せわ》しくしている大人の目を盗んで蔵に入った。そしていつものとおり、面を被り衣装を引き摺《ず》り、物語の人物になった。小半時も遊ぶと満足した。面を仕舞おうとした。その時、息が止まった。真っ白い面の上に茶色の汚れがついていた。窓扉の隙間に面をかざした。血の痕《あと》だった。自分の手を見た。いつ出来たか知れぬ傷が右人差し指にあった。他の面も窓扉の光に当ててみた。全部に血痕がついていた。羽織っていた衣装を恐々《こわごわ》と見た。血の痕はあったが目立たなかった。問題は面だった。茂次郎は自分の着物の袖で血を拭いた。血は胡粉《ごふん》の奥に滲み込み動かなかった。血痕を舐《な》めて拭いてみた。やはり動かなかった。

話を戻す。茂次郎は母と氏子総代が入った蔵の扉を見つめていた。心臓の鼓動に合わせて茂次郎の薄い皮膚は大きく膨縮していた。叱られるとは思っていなかった。母が茂次郎を叱ることはなかった。ただ母に呆れられることを恐れた。暗がりの遊びは後ろめたいことだった。その後ろめたい遊びに母が気づいていることを、茂次郎は感じていた。母也須能は茂次郎の内向的な空想癖を気にしていた。茂次郎はそれも感じていた。それはつらいことだった。茂次郎は吸い込んだままの息を吐くことを忘れていた。

蔵の入り口の動かない空気に母の声がした。

「いつの間に汚れたんじゃろうなぁ」

母の声は変に華やいでいた。

「脂手《あぶらて》で触ったときの汚れが、仕舞うとる間に、浮き出てきたんじゃろうなぁ。気にせんでも、ええですがぁ。丁度、塗り替えの時期じゃったけえ」

氏子総代が畳んだ衣装を抱えて蔵から出て来た。衣装の上には面の箱が乗っていた。

「せぇでもなぁ。うちで、預かっとりますけえ、気分がなぁー」

母の着物の裾が蔵の扉にチラリと覗いた。茂次郎は家の中に駆け込んだ。逃げる背中を母の視線が撫《な》ぜたように感じた。

自分の部屋の襖を閉めると息を整えた。爪が目に入った。爪を机の上に置いた。机の前に明り障子があった。障子は通りに面していた。

「ええ、ええ。そねぇに言わんでも、ええがな」

総代のヒビの入った声が明り障子を透かした。茂次郎は、

「まだおかあちゃんは、汚れのことを詫びとるんじゃあ」とろくろ首に話しかけた。

「本当《ほんま》に申し訳ないことでなぁ。妙見さんのバチが当たりますがぁ」

母の声が障子の向こうを通った。

「もう二度と蔵で遊ばん」と、茂次郎はろくろ首に約束した。約束をすると大事なものを失ったように感じた。失った寂しさを何かで誤魔化したくなった。硯《すずり》箱の蓋を上げた。凧ののっぺら坊を見ながら墨を摺った。筆を手にした。茂次郎は馬の絵をよく描《か》いた。上手いと言われていた。茂次郎の手が動いた。のっぺら坊に目と鼻と口を描いた。人の顔を描くのは初めてだった。初めて描いた人の顔は女だった。

これが、画家としてまた詩人として名を馳《は》せる、竹久夢二の最初に描《えが》いた女だった。

風の日が来た。ビューと起きては消え、ピューと鳴っては静まる、そんな風であった。

茂次郎は、

「定やん。今日は風があるでぇ」と土間に立った。その土間は、形だけではあったが菊蔵の店であった。棚に備前焼の大徳利が並んでいた。定やんは帳簿をつけていた。

「風っじゃあ、風じゃあ。定やん、風じゃあ」

茂次郎のその弾け返った声に、定やんは腰を伸ばした。そして入口の暖簾《のれん》を持ち上げて、

「凧を揚《あ》げるにゃあ、もうちょっと、風がきつぅ（強く）ねぇとなあ」と首を振った。

「凪は凪じゃあ」と茂次郎は譲らなかった。

定やんは、仕方ないといった作り笑いで、

「ぼん。ちょっとかど（外）で待っとってつかぁーさい」と言った。

凧を抱いた茂次郎は定やんの背中を見ながら歩いた。どこへ行くんじゃろう、といぶかるその顔は、風が立てば晴れ、止《や》めば曇った。

「きしょくの悪い凪ですらぁなぁ」

定やんが振り向いた。

「どこで揚げるん？」

「川の土手で、揚げましょうなぁ」

穀倉地の本庄には、いじましいほど律儀に田圃が並んでいた。その田圃の間を水路が這《は》いずり回っていた。水路は千町川から分かれ千町川に束ねられていた。水路のせせらぎは、千町川の波音にくすぐられ、笑っているようだった。

千町川の土手に着くと定やんは、

「ぼん。温《ぬく》い凪じゃあなぁー」と手庇《てびさし》をした。茂次郎は定やんの視線の穂先を追った。よく晴れていて遠くまで見渡せた。本庄を囲う山々は低かった。ポコポコと丸い稜線を空に画《かく》して、途切れることがなかった。

「吹いたり止んだりするんで、よう揚がらんかもしれませんでぇ。それにしても、きしょくの悪い風じゃあ。時期外れの大風（台風のこと）を持ってくるかもしれませんなぁ」

定やんは凧を両手に構えた。

土手は葛《くず》の葉で覆われていた。葛は葉裏を返してざわついていた。月見草が揺れ風に薄黄色を点じていた。その薄黄色は疲れていた。空に一羽の白い鳥がいた。同じところを右に左に飛んでいた。

「いち、にの、さんで、離しますでぇ、ぼん」

凧がスッと浮いた。糸が茂次郎を引っ張った。凧の力に驚いた。糸巻を回した。糸がどんどん伸びた。凧が空に吸い込まれていった。面白かった。凧から抜け出すろくろ首を楽しみにしていたが、もうどうでもよくなっていた。風が緩むと、凧は力を失って落ちそうになった。

「ぼん。こうゆうように糸を引くんじゃあ」

定やんが茂次郎の背中に回った。そして、

「こうやって、こうやって引きますんじゃ」と茂次郎の手を取った。凧が骨を張りながら上に上にと這った。白い長い紙の二本の足がパタパタパタと空に舞った。飛んでいた鳥が凧の足に寄って来た。足が一本千切れた。凧の天地がひっくり返った。凧はそのまま千町川へ突っ込んだ。凧は岩に引っかかった。凧の半分は川に浸かった。鳥が川の浅瀬に下りて来た。鷺《さぎ》だった。嘴《くちばし》に凧の足を咥えていた。鷺は片足立ちになると川下を向いた。その川下から賑やかな音曲が聞こえて来た。黄色や緑色や朱色の幟《のぼり》が見えた。太鼓に合わせる三味線の旋律がはっきりしてきた。明るく悲しい曲だった。船腹《ふなばら》に紫色の幕をだんだらに巡らした高瀬舟が近づいて来た。鷺が咥《くわ》える紙を落とし飛び立った。白く長い紙が船に向かって流れた。

左右の土手に音曲につられた人々が集まった。派手な色柄を身にまとった女たちが、集まった人々に刷り物を配った。幟の文字が読めた。「露荻紅雪太夫《つゆおぎべにゆき》一座」とあった。船首に台が据えられ、黒紋付きに水色の裃《かみしも》をつけた女が端座していた。女の髷《まげ》には、右に銀のビラ簪《かんざし》、左に花簪が挿してあった。台の後ろに、藤色の裃をつけた年増女が地弾きを従えて立っていた。その年増女は錆《さび》のある声で朗々と、

「皆々様のお目とお耳を汚しますこと、深くお詫び申し上げながら、不弁舌なる口上を

もって、申し上げたーてまつりまぁーする。さてこの度、東京は築地にて、空前絶後の名舞台とお褒めを頂戴いたしました「京鹿子娘道成寺」を、ご当地聴春座《ちょうしゅん》にて、お披露目をさせていただくことと、あいなりましてございまする。清姫を演じまするは、露荻紅雪太夫。露荻紅雪太夫、ご当地二度目の顔見世とあいなりまする。七重の膝を八重に折り、すみから、すみまで、ズズズィッと、ご来場、おん願い奉りまぁーする」と、声を響かせた。船首の台に端座していた女が、左に右にと手をかざし、深々と頭を下げた。

茂次郎の目の前に若い女が立った。若いといっても姉の松香より十は上に見えた。目が大きく、まつ毛が長く、細い首が際立った女だった。女は刷り物を差し出し、「来てね」と白い歯をこぼした。茂次郎の脳が熱くなった。きれいなおねえちゃんじゃなぁ、と思った。女は定やんにも刷り物を渡し、「いらっしゃって」と言って立ち去った。茂次郎はそのザラ紙を鼻にあてがった。いい匂いがするのではないかと思ったのだ。匂いは風のせいで分からなかった。

船も女たちも通り過ぎた。凧は岩に引っかかったままだった。その岩は深く流れの速い場所にあった。水面からのぞく凧の半分は波に洗われていた。茂次郎の描いた目鼻口が滲んでいた。定やんを見上げて凧を指さした。

「あげぇなところに落ちたら、もう取れませんがなぁ」と、定やんは眉間にたて皺を寄せた。茂次郎は刷り物をまた鼻に当てた。定やんはぎょっとして、

「ぼん。そねぇなことしたら、いけん」と紙を取り上げた。そして、

「この女子《おなご》、また来たんじゃなぁ」と刷り物に目を落とした。


本庄は古くから、街道と千町川によって人馬旅客の絶えない場所だった。遊興はここの人の身近にあった。その本庄が、露荻紅雪太夫一座によって色めきだった。

街道沿いに聴春座という芝居小屋があった。芸事好きの土地柄らしく、小さいながら不自由のないよう、細々《こまごま》と物が揃っていた。聴春座に立つ役者は、そこで寝泊まりをしていた。

艶《あで》やかな着物姿を見かけるようになった。それは本庄の女たちが身に着ける着物とは違っていた。特に化粧が違った。見知らぬ男たちも増えた。めかし込んではいたが、田舎臭かった。白粉《おしろい》を首筋まで刷いた女たちは、風に乱れる着物の合わせを押さえながら、田舎臭い男にも流し目を送った。

定やんが言ったきしょくの悪い凧はずっと吹いていた。凧のことは気になっていた。土

手に行ってみた。葛の葉が葉裏を返し月見草が疲れた薄黄色で揺れていた。凧は岩に引っかかったままだった。描いた目と鼻と口は消えていた。

凧が千町川に落ちてから四日目の夜になった。茂次郎は机に向かって馬の絵を描いていた。机の前の障子には雨戸が引かれていた。雨戸はカタカタ鳴って隙間から風が漏れていた。机の上のランプの灯は揺れていた。

店の柱時計が鈍い音で九時を知らせた。突然、嘘のように雨戸が静かになった。茂次郎は筆を止めて外の空気を探《さぐ》った。水路を走る水のせせらぎが聞こえた。雨戸を開けてみた。凪に払われた夜空に月があった。辺り一面は月の光が積もり、青白く輝いていた。凧のことを思い出した。

そこに、

「阿呆《あほう》」と、母也須能の声がした。

廊下を隔てた隣に父母の部屋があった。母の声はそこから聞こえた。茂次郎の鼓膜をキュッと締めつけるような声だった。

「あんたに付ける薬はねぇな。阿保、阿保。本当《ほんま》に阿呆じゃあ、あんたは」

バサッと、何かを投げつける音がした。

「性懲も無く、またあの女狐《めぎつね》の色仕掛けにコロッとなって。あんたが、あの女に手を出すんは、いっこうに構《かま》やせんけど、この家の金を持ち出さんでもらいたいわ。そりゃあ、あんたに甲斐性があったら、わたしは何も言《い》ゃあせんのじゃ。あんた、わたしに、何をしてくれた。もう何年も、着物の一枚も買《か》わんと辛抱しとるんでぇ」

「也須能、そねぇにカッカするなぁ。今度は、変なことはしとりゃあせんのじゃ。ちょーびっと（ちょっと）、助けてやっただけじゃ」

父菊蔵の声は縮んでいた。

「露荻か角鬼《つのおに》か知らんけど、あの旅芸人をつついた手で、わたしを触らんといて」

「じゃけえ、もう、つついとりゃあせんがなぁ」

「あんたの言《ゆ》うことは、あてにならんけえ。前にあの女が来たとき、なんぼ（どれくらい）貢いだか、知らんわたしだと思っとったら、大間違いじゃけえ」

茂次郎は襖をそっと開けた。そこは四畳の次の間で、向こうに姉松香の部屋があった。姉の部屋の襖が滑った。そこから姉が顔を出した。姉は茂次郎に気づいた。目配せをして両耳に蓋をしてみせた。茂次郎も耳に蓋をした。おとうちゃんとおかあちゃんの話は、聞いたらいけんもんなんじゃあ、と思った。姉は首をたてに振り、襖を閉めて消えた。茂次郎は耳に蓋をしたまま、肘で襖を閉めた。

「あんたばっかり好き勝手して、わたしはこの家に苦労をしに来たようなもんじゃ。あんたの贅沢のために、どれだけの算段をしとると思うとるん」

「太夫《たゆう》も、女だけの所帯で、やりくりに困っとるようじゃったけえ」

「いいように、騙《だま》されとるんじゃ、あんた」

「あれは、そんな女子《おなご》じゃあねぇけえ」

「あれはじゃってぇ。いやらしいこと言わんといて」

耳に蓋をしても聞こえた。こんな父の声も母の声も初めてだった。二人の親が遠のくように感じた。我慢できないほど悲しくなった。今すぐ隣の部屋に駆け込んで、母に泣きつきたかった。凧を思い出した。耳から手を離した。ランプの油壷《あぶらつぼ》のネジを捻じった。ランプの灯が太くなった。筆をとって馬の絵の下にのっぺら坊を描いた。「おかあちゃん」と呟いて、そののっぺら坊をじっと見た。のっぺら坊に目と鼻と口を入れた。母のように描いた。笑っているように描いた。隣の部屋から、母の泣き声が聞こえた。

茂次郎は部屋をそっと抜け出して、裏木戸から外へ出た。岩に引っかかっている凧を見に行こうと思った。七月の中旬を過ぎていた。暖かい夜だった。本庄はどこにいても水の音がした。その夜の水の音は、耳の中に注がれるようだった。

水路のあちこちに長方形の田船が浮かんでいた。稲や農具はその田船で運ばれた。月で底光りする景色の中で、田船と田船がコッンコッンとぶつかりあっていた。それは所在を失った生き物のようだった。水路の月は茂次郎をどこまでも追った。

千町川の土手に立った。凮がないので景色は凍っていた。月の光のせいですべてが透き通って見えた。千町川の水だけがキラキラと音を立てて動いていた。

地面を覆う葛に変な気色《きしょく》があった。蔦は息を詰めているようだった。月見草の薄黄色の花びらは蝶《ちょう》の羽のようだった。その花びらは月夜を包んで光っていた。空に月があり、地に咲き乱れる月見草があった。空も地も光に満ちていた。

満ちる光に千町川がよく見渡せた。凮が引っかかった岩は波に洗われヌメっていた。しかしそこに凮はなかった。

「流されたんじゃろうか」と、茂次郎は声にして呟いた。

キラキラと音を立てる千町川を見つめながら、茂次郎は川下に向かって歩いた。月の光に浸された身体は軽かった。月見草は夜に浮いているようだった。茂次郎は足を止めて、

「あったぁ」と声を漏らした。

爪は妙見橋の真下の浅瀬に引っかかっていた。河原に通じる小道を下《くだ》った。月見草は河原にも咲いていた。小石の転がる砂地にしゃがみこんだ。爪に手を伸ばした。その時、川下の茂みから、

「これじゃあ、お約束のお足と違うじゃあござんせんか」と女の声がした。

「そうじゃったかなぁ」と薄らとぼけた男の声がした。

「まあ、お言《い》いじゃあござんせんか」

「何がじゃあ」と、茂みから男がズボンを上げながら半身を覗かせた。

「お約束の、半分じゃあござんせんか」

「それ以上の銭、持っとらんのんじゃけえ、仕方ねぇがなぁ」

「後生ですから、悪いご冗談はやめてくださいよぉ」

「冗談じゃあねぇでぇ」

「嘘ついたのかい。このコンコンチキ」

男に千切った草が投げつけられた。男は髪にかかった草を払いのけ、

「さいなら」と立ち去ろうとした。

「お待ちよ」と声がしたと思うと、男はその場に倒された。

「こいつぅー」

男はすぐ立ち上がり、その余力で縋《すが》りつくものを川の方に突き飛ばした。チラリと赤いものが見えた。川がバシャッと音をたてた。

「何するんだよぉ」

剃刀《かみそり》のような女の声だった。凧が動いた。茂次郎は凧に手を伸ばした。届かなかった。流れる凧を目で追った。追った先に女が片手を突いて横座りをしていた。腰から下は川の中だった。月明りに女の横顔が照らされた。茂次郎はギョッとした。真っ白い顔に、目も鼻も口もなかった。

のっぺら坊じゃあ、と思った。

「弱い者をいじめて楽しいのかい。この畜生」

「うるさい、どの口下げて、言うたなぁ」

男は鼻で笑い茂次郎の方に歩いてきた。茂次郎の目が男の目とぶつかった。男は驚いたが、何もなかったように横を通り抜けた。茂次郎はのっぺら坊に目を向けた。大きな目が茂次郎を見つめていた。濡れた宝石のような目だった。女は笑っていた。それは茂次郎が今までに見たことのない悲しい笑いだった。のっぺら坊じゃあねぇ、と茂次郎は息をついた。どっかでおおた（会った）ことがある人じゃあ、とも思った。どこじゃったじゃろう。そうじゃ（そうだ）、岡山の橋でおおた人じゃあ。旭川に落ちた人じゃあ。女は川から立ち上がり、草むらに消えた。その草むらから、

「坊や、びっくりしたねぇ」と鈴を振るような声がした。草が掻き分けられ女が現れた。真っ白い素足に赤い鼻緒の草履をつっかけていた。

「こんなところへ、こんな遅い時間、何しに来たんだい。おとっつぁんや、おっかさんが、心配しているよ」

茂次郎は目を真ん丸にした。目の前の人は旭川に落ちた人ではなかった。土手で、芝居の刷り物を渡してくれた人だった。長いまつげに大きな目、そして細い首の、あのきれいなおねえちゃんだった。紺と黄と白の大きな縦縞の単衣を、薄緑色の半幅帯で緩く結んでいた。持ち上げて絞る裾から、赤い麻の葉の襦袢《じゅばん》が見えた。昼間に見るより十は若く見えた。

「お家《うち》はこの本庄なのかい？」

茂次郎は頷いて川の反対岸を指さした。

「そうかい」

女は茂次郎の前にしゃがんだ。そして、

「月がきれいだね」と笑った。

茂次郎は恥ずかしくて俯《うつむ》いた。女が茂次郎の手を取って立ち上がった。茂次郎の臍の下から胸に向かって、熱のある痒《かゆ》みが走った。茂次郎は女に手を引かれながら土手へ上がった。

「おねえちゃんは、どこから来たん？」

やっと声になった。

「遠くからだよ。いろいろなところに行くんだよ」

「ええ（いい）なぁ」

「そう思うかい。おねえちゃんはねぇ、坊やぐらいのときから、同《おん》じところにじっとしたことがないんだよ」

「本当《ほんま》に、ええなぁ」

「そう？　そういうものなのかねぇ。おねえちゃんにしてみたら、坊やのほうがずっと羨《うら》ましいよ。同《おん》じ場所で生活して、友達を作って、そして仲良く遊んでね。ここは月見草がいっぱい咲くんだねぇ」

女は月見草を手折《たお》った。茂次郎は頷いて、

「ええ匂いがするんじゃあでぇ」と言った。

女は花に顔を伏せた。

「あら、本当。月見草の匂いを嗅いだのは初めてだよ。甘い、いい匂いだねぇ」

茂次郎は下唇を噛んで頷いた。

二人は妙見橋の方に歩いた。

「でも、ちょっと悲しい匂いだねぇ」

茂次郎は女を見上げた。女は目を閉じていた。

「宵待草ともゆうんじゃあでぇ」

「えっ?」

女が目を開いて茂次郎を見た。

「月見草は、難しい呼び方をしたら、宵待草なんじゃって」

茂次郎は目尻を張った。

「宵待草?」

茂次郎はまた恥ずかしそうに俯いた。

「宵《よう》され（夜）を待って咲くけん、宵待草なんじゃって」

「そうなの」

茂次郎は頷いて女を見上げた。二人は黙って橋を渡り始めた。女は月見草を鼻に当てていた。月見草の脆《もろ》い匂いが女の顔に貼りついているようだった。

「坊や」

女は茂次郎に微笑みかけて言った。薄い笑いだった。

「宵待草じゃあないよ。本当は待宵草だよ」

「ほぉん（はぁ）？」

「本当は、宵待草じゃあなくて、待宵草っていう名前だよ」

「違うでぇ。うちのお姉ちゃんが教えてくれたんじゃあ。月見草の別の名前は、宵待草じゃって」

「それはね、多分お姉ちゃんが、勘違いしているんだよ。それか、間違ったことを教わったかだね。でもね、宵待草のほうが、スッとするじゃないか。坊やが信じている宵待草って名前のほうが、わたしは好きだねぇ。そのほうが歌の文句にしても、いいじゃないか」

茂次郎の頬は不服そうだった。女は月の光に洗われたような笑顔で、

「坊や、ふくれないの。月夜だから、真ん丸にふくらんだ頬っぺたが、よく見えるよ」

と言った。そして、

「そうだねぇ」と女は続けた。

「そうだよ、それよりか、坊やが、正しいと信じた宵待草っていう名前を、ずっとずっと、口にし続けたら、きっとそのうち、待宵草じゃあなくて、宵待草のほうが正しい名前になるに決まっているよ。言葉って、そんなもののような気がするねぇ。世の中って、そうやって変わっていくんだよ」

茂次郎は、足元に伸びる橋の欄干の淡い月影を、踏まないようにして歩いていた。

「坊や、今は夏休みなのかい?」

「ほん」

茂次郎は欄干と欄干を繋ぐ太い柱の影をポンと跳んだ。

「おねえちゃんはねぇ、ほとんど学校に行ったことがないんだよ」

「ええなぁ」

「そうかい」

「ずっと夏休みじゃもんなぁ」

「夏休みねぇ」と女は笑ってから、

「おねえちゃんは、ずっと夏休みだから、ろくに学校に行っていないんだよ。だからねぇ、難しい文字なんか、読めも書けもしないんだよ」と言って、茂次郎を真似て欄干の影を跳ぶように跨いだ。

「坊やは、うんと勉強できるから、いいねぇ。難しい字も、読めたり書けたり、できるようになるんだねぇ。宵待草って字も、難しそうだからねぇ。これから、おねえちゃんの分も、いっぱい勉強をして、偉い人になるんだよ。偉い人になって、そうだねぇ、そうして、難しい字をたくさん覚えて、正しいと思ったことを、書いて、書いて、大きな声で堂々と口にして……、そうするときっと、ちょっとずつ、何もかもよくなっていくような、そんな気がするねぇ。ちょっとずつ、ちょっとずつ、全部よくなって、おねえちゃんみたいな人間も、いなくなったりしてね……。あら、分かったようなこと言っちゃったね。自分で自分がおかしいよ」

二人は橋を渡り切った。女がつないでいた手を離した。

「坊やのお家はどっち」

茂次郎は右の道を指した。

「そう。ここでお別れだね。おねえちゃんはあっち」と、左の道を指さした。

「さようなら」

女は月見草を鼻にかざし、足を引きずりながら左の方に歩いて行った。茂次郎は、女が振り返ってくれる気がして、その場を離れられなかった。しかし女は振り返らなかった。

女の後ろ姿は月の光に溶けていった。


茂次郎は家に走って戻った。部屋に入ると隣の両親の部屋に耳を傾けた。家の中は夜に沈んでいた。布団にもぐり込んだ。またあのおねえちゃんに逢えるだろうかと考えた。布団から顔を出して耳を澄ましてみた。人の声も物音も水の音も聴こえなかった。それでも耳を澄ました。茂次郎は変な気配を感じていた。風の音が聞こえてきた。また吹き始めたのだ。茂次郎は顔を布団で覆った。雲が月を隠し、月見草の花びらが舞い散る様が想像された。もうおねえちゃんには逢えない気がした。風の音は耳元に迫って来るようだった。家が縮んで風に耐えているように感じた。母の布団か姉の布団に逃げたくなった。茂次郎は、膝小僧をギュッと抱え固く瞼を閉じた。

夜が深まるほど風は激しくなった。雨も降り始めた。強い雨だった。激しい風は強い雨を斜めに傾けた。定やんの言ったとおり、きしょくの悪い風が台風を連れて来たのだ。本庄はまる二日間、風雨に弄ばれた。翌々日の昼過ぎにお日様が顔を出した。人々は壊れた家屋や荒れた田畑を見て嘆息をもらした。客の集まらなくなった露萩紅雪太夫一座は、本庄を去った。

明治二十五年七月二十三・二十四の両日、岡山を襲った台風がこれであった。旭川が氾濫し甚大な被害がでた。

参考文献

『竹久夢二』（別冊太陽　日本のこころNo.20）平凡社

《優秀賞》

アゲハの記憶

山本博幸

〈著者略歴〉
山本博幸（やまもと・ひろゆき）
昭和三十二年長崎県生　長崎県在住
現　職：無職
受賞歴：第六回安川電機九州文学賞　大賞

岡山駅で新幹線を降り、駅の東口から東山行の路面電車に飛び乗った。

電車は大通りを後楽園の方にしばらく進むと、シンフォニーホールの前を直角に曲がって城下筋を南下し、昔の山陽道に沿うように旭川を渡った。中州の街をつなぐ三つ目の橋を渡るとき、旭川の上流に遠くお城が垣間見えた。記憶にある風景だった。

電車を東山の終点で降り、南に向かって十分ほど歩くと、なだらかな丘の上に大きな桜の樹が見えた。その桜の樹に続く真っすぐな坂道を登っていくと、二匹のアゲハ蝶が遊ぶように絡まっては離れ、また絡まりながら、段々と高度を上げて青空の果てに消えていった。アゲハ蝶を追いかけるようにさらに登っていくと、桜の樹の下に平屋の家がひっそりとたたずんでいた。切妻の大屋根が地面に伏しているような家に、懐かしさが込み上げてきた。

私はリュックから一枚の葉書を取り出した。桜の樹の下で泣いている女の子の頭を、背の高い老人がなでている絵が描かれていた。老人が肩に担いでいる大きな看板に、〈大歓迎〉と書かれたユーモラスで心温まる絵だった。この葉書を頼りにここまでやってきた。

玄関に立つと、大きく深呼吸をして訪《おとな》いを入れた。その声が自分でもびっくりするぐらい大きく、思わず周りを見回した。緊張しているのが、自分でもわかった。

すぐに「おーい」と、野太い声が空から降ってきた。見上げると、枝の間から白髪の老人が顔を出していた。逆光で顔はよく判別できなかったが、もじゃもじゃの白髪頭の輪郭に見覚えがあった。

「これ、受け取って」

落とされた塊を両手で慌てて受け止めた。掌を開くと、それはオレンジ色に熟れた枇杷《びわ》の実だった。

「うまいぞ、食べてごらん」

そう言うとその人は、梯子を慣れた動作でゆっくり降りてきた。つなぎの作業服をぱたぱたとはたくと、私の顔を不思議そうにのぞき込んだ。懐かしい顔だった。長身の体は、以前よりさらに骨張って痩せたように見えるが、身のこなしはとても八十六歳の人のものとは思えない。十三年ぶりの再会だった。

「綺麗になったね」とその人は言った。

「でも、昔の面影もちゃんと残っているよ」とも付け加えた。

その人はポケットから取り出した枇杷の実を、私の掌に次々と乗せていく。あふれて落ちそうになる枇杷を必死で受け止めながら、知らず知らずのうちに涙が零《こぼ》れた。縮こまって凍えた心が芯から温まっていく、そんな心地よい瞬間だった。


「落ち着いたかい？」

その人のくぼんだ大きな瞳が、心配そうにのぞき込んでいる。間違いなく悠平さんだと思った。恥ずかしさに自分の顔が紅潮しているのがわかる。悠平さんの顔をまともに見ることができない。

「よし、枇杷のシェイクを作ってやろう」

私のそんな心情を察してか、悠平さんは立ち上がり、台所の方に去っていった。

私は、改めて部屋の中を見回した。小屋組みがむき出しで、天井の高いワンルームのリビングとダイニング。部屋の隅には、本棚で仕切られた書斎机と椅子が見えた。奥には風呂場とトイレと個室が二つ、その上に屋根裏部屋のような背の低いロフトがあった。もっと広い家だと思っていたが、実際はこじんまりしている。

部屋の真ん中に、手作りの大きなテーブルが据えられている。ここでよく悠平さんや恵子さんと一緒に絵を描いたことを思い出した。天板を掌でなでてみると、かすかに凸凹して板の厚みが心地よく伝わってくる。指先に触れた疵跡《きずあと》に記憶があった。私がつけた彫刻刀の疵だった。

庭側は全面ガラス戸で、大小様々な果樹や野菜畑が広がっていた。映画のフィルムを巻き戻すように、この家とこの庭で過ごした幼いころの記憶が一気に蘇《よみがえ》ってきた。

あれは小学校一年生のときだった。小学校に入学する直前に、父の転勤で慌ただしくこの街にやってきた。

私が通うことになった小学校には制服があったが、制服が間に合わずひとりだけ私服で臨んだ入学式だった。紺の制服を着た大勢の新入生に囲まれ、私だけがピンクのワンピースだった。周りの子どもたちが怒ったように私に向かって何か言い募っていたが、よく言葉の意味が理解できなかった。自分一人が異界に取り残されたような心細さを覚え、得体のしれない恐ろしさに心が震えて心臓が高鳴った。私を取り囲むように人垣ができ、意味不明の狂騒の渦中で、叱責され続けた。突如、後ろから背中を押されたとき、強烈な違和感が極限に達し、私は耳を塞ぎ悲鳴を上げた。世界から音が消え去り、ほっとしたのも束の間、私は気を失ってその場に倒れた。

意識が戻っても、私は自分の名前を思い出すことができなかった。両親から名前を教えられたが、その名前を聴いてもどこか他人が呼ばれているような違和感が残った。学校の近くまでは行けたが、騒々しい子どもたちの声が聞こえてくると、恐怖感が蘇ってきて、それ以上は歩けなかった。

一日中ほとんど自分の部屋で過ごした。二階のベランダからぼんやりと外を眺めていると、桜の樹に抱かれるようにたたずむ一軒の家に興味を持った。広い庭には様々な果樹が植えられ、花壇や菜園が格子状に規則正しく区画されて、必ず午前中に老夫婦が熱心に手入れをしていた。驚いたのが、その庭には異常に蝶が多いことだった。アゲハ蝶や紋白蝶や紋黄蝶が群れるように飛び交い、老婦人が手を差し伸べると取り囲むように蝶が集まり、まるで蝶々と会話でもしているかのように見えた。その老婦人は魔女ではないかと、私は密かに疑った。遠目だったが、白髪の長い髪に骨ばった顔の感じが、絵本で見た魔女によく似ていた。そのうち必ず魔法を使うに違いないと、機会あるごとに見張るようになった。

そんなある日、作業をしている老婦人の傍から一匹のアゲハ蝶が、まるでお使いでもするように私のところに飛んできて、ベランダにあった鉢植えの山椒《さんしょう》の葉に止まった。私は蝶を間近に見ながら、体が固まって動けなかった。その蝶はじっと動かず苦しむように葉の上に卵を産みつけると、またどこかに飛んで行ってしまった。

それからというもの、私は山椒の葉に産みつけられた黄色い卵を毎日飽きることなく観察した。直径一ミリほどの卵の中が段々と黒くなり、五日後には塵《ごみ》と見紛うほどの小さな幼虫が生まれた。黒い体に白いまだら模様を帯びた幼虫は、脱皮を繰り返し次第に大きく成長し、四回目の脱皮で目が覚めるような黄緑色の芋虫に変身した。やがて芋虫は糸で枝に体を固定すると動かなくなり、薄い緑色の蛹《さなぎ》となった。殻の内側に翅《はね》が黒く透けて見えるようになると、ついに殻を破ってアゲハ蝶となった。

アゲハ蝶は私の周りを何回か飛び回ると、玄関の方に飛び去った。私は部屋を飛び出し、夢中でアゲハ蝶を追いかけ、いつの間にかこの庭に迷い込んでいた。畑には大根やおくら、ピーマンや胡瓜《キュウリ》、トマトも大きな実をつけていた。庭の外周には蜜柑《みかん》や枇杷や桃、柿や杏子《あんず》、梅や栗の木が風に揺れていた。

私は蜜柑の葉に止まっているアゲハ蝶を見つけ、ほっと安心した。しかしよく見ると、その蝶は産卵をしていた。そして、その蝶は産み終わると力なく落下し、草の上に横たわって動かなくなった。

初めて生き物の死の場面に遭遇し、私は放心したまま、その屍《しかばね》を見つめていた。声を掛けられ、はっとして振り向くと、そこにはあの老婦人が立っていた。体を硬くした私に、その老婦人はやさしく微笑んだ。

「どうしたの?」と訊《き》かれて、私はやっと「蝶々が」とだけ答えた。

老婦人は私の視線の先に横たわるアゲハ蝶を見ると、悲しそうに眉をひそめた。

「アゲハ蝶は死んでしまったけど、卵を産んで子孫をいっぱい残したと思うわ。人間も蝶々もね、死んだら土に還るのよ。土に埋めてやらないとね」

その人は移植ごてで穴を掘り、死んだアゲハ蝶を埋めて土を盛ると、跪《ひざまず》いて両手を合わせた。私も、見よう見まねで同じ所作をした。なぜかそうせずにはいられなかった。

「お利巧さんね」

そう言ってその人は私の頭をなでると、傍らの籠から熟れた桃の実を取り出し、そっと私の掌に乗せてくれた。

「とっても甘いのよ。一緒に食べようか？」そう問い掛けられ、私はこっくりとうなずいていた。

そして、この大きなテーブルを挟んで、その人は桃の皮を剥いて食べさせてくれた。とろけるような完熟の果肉が口の中を埋め尽くし、甘い匂いが鼻から抜けた。それが恵子さんとの初めての出会いだった。

私は恵子さんに誘われて、お昼ご飯の準備を手伝った。畑になっていた完熟トマトをもいで、一緒にトマトソースのパスタを作った。

「命をもらうのだから、美味しく食べてあげないとね」と恵子さんは笑った。

心ときめく初めての体験だった。味見をすると、確かに何かが違う。さっぱりと心地よい旨みが舌の上に広がった。

恵子さんが庭にある小屋に声を掛けると、ぼさぼさ頭の背の高い老人がのっそりと出てきた。それが悠平さんだった。

「可愛いお客さんだね」と悠平さんは私を見て微笑んだ。あの時、悠平さんも恵子さんも、すでに七十歳を過ぎていたと思うが、二人はお互いを〈悠平さん〉〈恵子さん〉と呼び合い、穏やかな笑顔を浮かべやさしい言葉で会話した。

「まるで恋人同士みたい」と私が言うと、二人は顔を見合わせ、吹き出すように笑った。二人につられて、私もつい笑い出してしまった。笑いはいつの間にか涙に変わり、自分でも訳がわからなかった。必死で声を押し殺したが涙は止めどなく流れ、入学式以来溜まっていた心の澱《おり》が溢れ出たかのようだった。そっと抱き寄せてくれた恵子さんの腕の中で、私は堰《せき》を切ったように声を出して泣いた。悠平さんが黙って背中をさすってくれた。

それからは、昼間は大抵この家で過ごした。ここの庭にいると、驚きの連続だった。日一日と成長し変化していく植物たち、それらに集まるたくさんの昆虫や鳥たち。私にとってすべてが初めての体験で心躍る出来事だった。

間もなく、庭に区画された私の畑が作られた。近くの雑木林から集めてきた落葉やコンポストの完熟堆肥を土に混ぜ込み、人参と大根の種を蒔いた。庭の手入れは、悠平さんが教えてくれた。収穫した果物や野菜の料理の仕方や保存食の作り方は、恵子さんに習った。

「できることは自分でやりなさい」と言うのが二人の口癖だった。

果実の収穫時期には、このテーブルの上にジャムの瓶がぎっしりと並んだ。

「美味しいものを食べようと思えば、手間を惜しまないことよ」と言って、恵子さんは満足そうにジャムの瓶をなでた。

この庭で過ごすうち、私は徐々に平静を取り戻し、二学期からは学校に通えるようになったが、その後も学校から帰ると大方はこの家で過ごした。私がこの街で暮らしたのは、結局三年足らずだった。

この街を離れてからも、恵子さんが毎年この庭でとれた瓶詰のジャムを送ってくれた。うれしいことがあったときも、悩んだときも、二人に手紙を書いた。その都度、二人からは別々に便りがあった。男性と女性でこれほど視点が違うのかと驚いたが、最終的な結論は不思議と同じだった。


私は、寝室のドア横の壁に設えられた小さな写真棚の前まで歩み寄った。葉がついた枇杷の実が二つ供えられている。写真の恵子さんは微笑んでいた。恵子さんが亡くなったと知らせを受けたのは、八年前だった。私は静かに手を合わせた。

「白血病だった、急性の。もう手の施しようがなくて。あっという間だったよ」

悠平さんがいつの間にか後ろに立っていた。

「恵子さんも、沙織ちゃんが会いに来てくれて、きっと喜んでいると思うよ」

「もっと早く来るべきだったのに」

「君の気持ちはわかっているから。さっ、枇杷のシェイクができたよ」

悠平さんが促すように、テーブルにシェイクを置いた。私はテーブルに着くと、まっすぐ悠平さんを見た。年齢の割に、驚くほど皺《しわ》の少ない顔だった。今日、訪ねることは知らせたが、突然の訪問の理由までは書かなかった。悠平さんに話したいことが山ほどある。話さなければと思った。

「悠平さん、聴いてくれる？」

「ああ。でも、無理しなくていいからね」

悠平さんはそう言うと、夏間近の強い日差しが照りつける庭に視線を移した。視線の先では、アゲハ蝶が独り占めした庭を気持ちよさそうに漂い、やがて西の空に舞い上がっていった。

「あのね。私、また記憶を失くしたの」

悠平さんが私をじっと見た。悠平さんの少し青みがかった瞳に見詰められていると、魔法でも掛けられたような気がしてくる。私は二か月前に起きた出来事を話し始めた。

私が病院のベッドで意識を取り戻したとき、自分の名前はおろか両親の顔さえわからなくなっていた。入社式の最中に倒れたのだと教えられたが、そのことさえ記憶になく、なぜそんなことになってしまったのかも全くわからなかった。

診断は、解離性障害の一つである解離性健忘症というものだった。医師は、解離性障害は多重人格のような症状を呈することもあれば、記憶のないまま全く知らないところに辿り着く解離性遁走《とんそう》や特定の記憶のフラッシュバックや離人感、体外離脱体験などの解離状態が何度も反復するようなケースもあるのだと説明した。私は、差し当たり六か月の病気休職となった。

退院し横浜の実家に戻って療養を続けたが、失った記憶が回復することはなかった。両親が物語る〈遠藤沙織〉という女性と、自分が同一人物とは、どうしても思えなかった。生い立ちや学校時代の出来事やエピソードや友人関係などを教えられ、友人と名乗る人たちが訪ねて来てくれたが、違和感ばかりが募った。何かが違うと思った。自分の本当の名前は何なのか、自分は何者なのか、自問する日々が続いた。

確かな手掛かりさえ掴めないまま、波間に漂う根無し草のように、あてどなく揺れ動く不安感に苛《さいな》まれる日々を過ごした。部屋に一人でいると、不甲斐ない自分を責める言葉が次々浮かび、ときに気が狂いそうになり、何時間もわめき続けたこともあった。気が付くと、見知らぬ駅前に立っていた。一日中、あてどなく街をさまよったこともある。自分への絶望は、やがてはけ口を求めて両親に向かって爆発した。自分が口走った口汚い言葉が、かえって自分自身を苛み苦しめた。気付くと、手首から血が滴っていた。

そんなときだった、ここで過ごした幼いころの夢を見たのは。悠平さんや恵子さんと過ごしたこの庭の記憶が、夢となって潜在意識の中から現れたのだと思う。

目を覚ましたとき、自分が何をなすべきか、私はやっと答えを見つけ出した思いがした。探したのが、二人からの手紙だった。机の抽斗《ひきだし》の一番奥にあった宝箱の中から出てきた。両親のこともまだしっくりこなかったが、二人の顔はすぐ浮かんできた。それとともに、夏の太陽に照らされたこの豊かな庭が思い出された。欠落した記憶を補うように、ここで過ごした出来事が次々と鮮やかに蘇った。いても立ってもいられず、すぐ悠平さんに葉書を書いた。唐突な訪問を告げる葉書だったが、悠平さんからはすぐに返事が返ってきた。

「私ね、夜眠るのが怖いの。だって、朝起きたら自分が消えてなくなっているかもしれないでしょう。自分が何者かわからないということは、そういうことなの。記憶を失くすことは、命を削ることと同じだと思う。だって、生きてきた時間は、記憶の中にしか残らないでしょう。私、もう疲れ果てて、いっそ透明人間にでもなってしまいたいぐらいよ」

私は泣いているのか、笑っているのか、自分でもよくわからなかった。ひどい顔をしているだろうと思った。

「そんな顔をしなさんな、ぼくのほうが悲しくなるよ。またここで、昔のように暮らせばいいさ。きっとよくなるよ。だってここには恵子さんの育てた庭があるし、ぼくもずっとそばにいるから」

悠平さんは包帯を巻いた私の手首を両手で包むと、そっとなでてくれた。その手の甲には、ケロイド状の火傷の痕があった。

悠平さんの朝は早い。東の空がまだ薄暗いうちに起き出し、私を散歩に誘った。丘の上から見る早朝の街は、薄く靄《もや》のベールに覆われ、背後の森から降るような小鳥の鳴き声に包まれて明けてゆく。

丘の周辺をゆっくりと時間をかけて歩く。途中にある恵子さんのお墓に寄り、掃除をして手を合わせた。恵子さんに話したいことや教えてほしいことがいっぱいあった。もはや叶わぬことはわかっているが、それでもなお呟《つぶや》かざるを得なかった。

近くにある戦災死者供養塔と原爆被爆死没者供養塔にも、必ずお参りをした。昭和二十年六月二十九日の未明午前二時四三分から四時七分にかけて、アメリカ軍のＢ29爆撃機一三八機が岡山市の中心部を無差別に爆撃した。空襲警報が間に合わない中、九万五千発もの焼夷弾が投下され、市街地の六三％が焼失し、犠牲者は市民一七三七人にのぼり、負傷者は六千人を超えたという。

「ぼくはまだ七歳だった。母に叩き起こされて外に飛び出たときは、すでに辺り一面が火の海だった。一緒に逃げた幼い妹や弟は焼夷弾にやられ、体中にやけどを負って苦しみながら死んでいった。ぼくも火傷を負ったけど、奇跡的に助かったんだ。戦争は、どんなことがあってもすべきじゃない。二度とごめんだ」と悠平さんは手を合わせながら言った。

恵子さんは空襲では九死に一生を得たが、家を焼かれて避難していた広島市の祖父宅で今度は原爆に遭遇した。わずか五歳だったという。恵子さんを負ぶって逃げてくれたお姉さんは、体を放射能に蝕《むしば》まれて一か月後に死んでしまったのだと、悠平さんが教えてくれた。

朝食を済ますと、午前中の涼しい時間に庭の手入れをした。昔と、何も変わっていなかった。悠平さんは黙々と土を掘り起こし、腐葉土と堆肥を混ぜて、土づくりに精を出した。

農薬は一切使わず、私がピンセットで野菜の虫を一匹ずつ取り除く。かつて恵子さんがしていた作業だった。素早い虫に逃げられたりすると、誰かに笑われたような気がして後ろを振り向くが、そこには誰もいない。また、しばらくして何か動く気配を感じて顔を向けるが、やはりそこには誰もいなかった。ただ蝶たちが、私をからかうように周りを飛び回っているだけだった。そんなことを何回か繰り返すうちに、この庭には何かがいる、そう思えてきた。

そういえばと、思い出したことがあった。恵子さんと一緒に野菜の虫取りをしていたときのことだ。

「蝶々たちを見ていると、鬼ごっこをしているように見えたり、おしゃべりをしているように見えたりするでしょう。私にはね、空襲で死んでしまった子どもたちが、蝶になってこの庭に遊びに来ているように思えてならないの。この庭でも、空襲から逃げて来た人たちが大勢亡くなったそうよ。だからね、蝶を捕まえたり、青虫や芋虫を殺しては駄目よ。ほら、庭の隅に〈虫たちの運動場〉と書いたプレートがあるでしょう。あそこは、虫たちのための畑なの。取った虫は、あそこに逃がしてやってね」

恵子さんは、確かにそう言った。この庭で私が感じている不思議な感覚を、恵子さんも感じていたのだろうと思った。庭の隅には、今でもあのプレートが挿してある区画がある。子どもたちだけでなく、恵子さんもこの庭にいる、そんな気がしてきた。

悠平さんは昼食が終わると午睡《ごすい》をして、三時ごろから庭の小屋に籠り手仕事をした。悠平さんは機械メーカーの研究者だったと聞いた。畑で使う資材や道具は自前で作るし、大抵のものは自分で修理することができた。

私は料理を任された。小さいころに恵子さんに習った料理手順を思い出しながら作ってみるが、何か肝心なものを忘れていたり、思った味が出せないことがあった。悠平さんに尋ねると、アドバイスはいつも的確だった。そんなとき、二人が一緒に過ごしてきた年月の長さに思い至り、この家には二人の時間が今も息づいているのだと改めて感じた。

悠平さんの家での一日は、静かにゆっくりと積み重なっていく。徐々にではあったが、私は少しずつ落ち着きを取り戻していた。この家の暮らしが体の中に心地よく沁《し》み込んで、生きる力を回復してくれているという実感があった。いつまでここにいることになるのか、それはわからないが、少なくとも今の私にとって、ここの暮らしが必要なことだけは明らかだった。

大雨を何回か乗り切った梅雨の晴れ間、六月二十九日には戦没者追悼式が行われた。悠平さんは毎年欠かさず参列した。

その日の夜、私は家の灯をすべて消し、庭に面した縁側にハンモックチェアを持ち出して腰を下ろした。悠平さんは、戦争体験の語り部をしている仲間たちとの交流会があるのだと言って、夕方出かけていった。

月の光が部屋の中まで差し込み、部屋を仄《ほの》かに明るませ、庭の草木についた夕立の雨粒が所々光って見えた。木々の葉裏には、昼間忙しく動き回った蝶たちが翅を休めているに違いなかった。その息遣いまでもが聞こえてきそうな静謐《せいひつ》な夜だった。

私は椅子にゆったりと体を預けた。庭からは、目に見えない地霊のような存在をありありと感じることができた。走り回ったり、飛び跳ねたり、空襲で死んだ子どもたちが充たされなかった生の時間を取り返すように、一心に遊んでいるように思えた。

私は庭のざわめきを感じながら目を閉じた。この数か月のめまぐるしい出来事が脳裏をよぎった。一時は死の深淵《しんえん》を垣間見た。しかし今は、生きることの喜びを多少なりとも感じることができるようになった。死の緊張を強いられていた意識を、やっと休めることができる幸せを噛みしめた。

私は心地よい眠気に抗うすべもなく、意識は徐々に薄れ、やがて眠りに落ちた。

ふと気付くと、私は丸く明るいベージュ色の薄膜に包まれていた。

そこは静謐で心地よく平安な世界だったが、膜の外に出なければならないことはわかっていた。全身が疼《うず》き、今がそのときであることを告げていた。私は顎を突き出し、その膜をかじった。膜に穴が開いた途端、清冽《せいれつ》な空気が流入し、青い空が垣間見えて、歓びが体中に広がった。腹部の気門から新鮮な空気を心ゆくまで吸い込むと、頭をもたげてその穴から外に這《は》い出した。

自分の体を確認すると、胴体は細く長くごつごつとして、焦げ茶色の体色に白のまだら模様が胸から背に筋状に入り、鳥の糞のように汚くグロテスクだった。猛烈な食欲に突き動かされ、私は蜜柑の葉にむしゃぶりついた。体は直ぐに窮屈になり、脱皮を繰り返した。脱皮を四回繰り返すと、私の体は葉の長さと同じほどの大きさになり、その体色も黄緑色に変化した。五齢幼虫にやっとなれたのだ。

今までにも増して食欲は旺盛でみるみる太り、葉からはみ出すほどに大きくなり、もうこれ以上は食べられないと悟ったとき、羽化のための準備に取り掛かった。尾脚を枝に固定し、頭と胸部をくの字形に曲げて枝に糸でしっかりと括りつけた。体がぎゅっと縮まり、からからに乾いた表皮を脱ぐと、私は美しい蛹となった。

外皮にくるまれた内側の肉体や器官が、どろどろに溶けていくのがわかった。言いようのない苦痛と快楽が混然一体となった体の変化に、私はあらん限りの声を張り上げようとしたが声は出ず、悶絶を繰り返す間も体の構造変化は容赦なく進行し、朝日が射し始めたころやっと羽化が完了して、私はようやくアゲハ蝶に生まれ変わることができた。

いよいよ飛翔のときがやってきた。私は思い切って飛び立った。翅を動かすたびに空気の抵抗を感じたが、その空気の塊を翅で押し下げるたびに、体は一段高いところに跳ね上がった。どんどん上昇を続けていくと、やがて街が一望できた。

視線を下に向けると、丘の上に大きな桜の樹が立っていた。その樹に抱かれるように家があり、その庭には色とりどりの花々が咲き乱れていた。私はその庭に舞い降り、次々に花々の間を飛び回り、夢中で蜜を吸った。お腹が満たされると、風に漂ってきた得も言えぬ匂いに反応して私の下腹部がむずむずと成熟し、交尾の衝動を抑えることができなくなった。どこからか飛んできた雄のアゲハ蝶に惹きつけられ、私は恍惚《こうこつ》と本能的に自分の尾を突き出し、そこに雄の尾の先端ががっちりと連結された。雄の把握器が私の尾を荒々しくつかみ離さない。やがて把握器から管が伸びて私の下腹部に挿入され、そして精子が放出された。ついに私の下腹部の中で卵と精子が受精し、新しい生命の誕生を実感し、体が悦びにうち震えた。

私は蜜柑の葉を飛び回りながら、次々に卵を産みつけた。最後の卵を産み終えると力尽き、体はそのまま草の上に落下していった。

目を覚ますと、私はハンモックチェアにもたれたままだった。しかし私の体には、いつの間にかタオルケットが掛けられていた。

ゆっくりと辺りを見回した。屋根裏の小屋組みは暗闇の中に溶け込んでいたが、庭側のガラス戸から差し込む月の光がリビングの床に反射して、家具の輪郭を明るんで見せていた。ガラス戸の向こうに見える庭は、あいかわらず月明かりに銀色に浮かび上がり、木々の葉っぱが氷ったように輝いて見えた。

「起きたかい」

声の方に顔を向けると、すぐ隣のソファーで悠平さんが心配そうに私を見ていた。

「あんまりよく眠っていたから、起こさなかった」

「そう、ありがとう」

私はやっと、それだけを言えた。意識がまだ体から遊離しているように感じて、うまく自分自身をコントロールすることができない。

「いい夢が見られたかい？」

私はゆっくりとうなずいた。

「私、アゲハ蝶になっていたの」

「アゲハ蝶？」

「そう、卵から幼虫になって蛹になって、そして羽化して大空を飛んだの。ちょっと恥ずかしいけど、雄のアゲハ蝶と交尾だってしたのよ」

「へえー、それはすごいな」

悠平さんは少しおどけて見せた。

「卵をいっぱい産んでね、そして最後に死ぬの。たぶんこの庭だったと思う。大きな桜の樹があったから。ここの庭が、私にそんな夢を見させてくれたんじゃないかしら」

「そうだね。この庭には、精霊みたいなものが宿っているのかもしれないね。怖くはなかったかい？」

「とんでもない、その逆だわ。私は今、とってもうれしいの。この庭が私を受け入れてくれたのだと思うから。あのね、蝶にとって一番苦しいのは何だと思う？」

悠平さんはしばらく思案した。

「そうだな、蛹のときじゃないかな」

「当たり。さすが悠平さんね。体の何もかもが溶けていくような感覚がして、悲鳴を上げるけど言葉にならないの。物凄く気持ち悪くて、でも、物凄く気持ちよかった。本当に不思議な感覚だった」

悠平さんはにっこり微笑んだ。

「多くの生き物は普通、受精すると卵や子宮の中で成体と同じ形になるまで成長し、それから外界に生まれるだろう。これを個体発生と呼ぶそうだけど、この期間に生物が経験した三十数億年の進化史を繰り返すという説がある。人間の胎児も、子宮の中で魚類の形から両生類、そしてほ乳類へと次々と姿を変えていくそうだ」

「でも、蝶々は卵から孵った幼虫と、成体の姿とでは全く違うわ。他の生き物と違って、幼虫から蛹を経て完全変態しないと、成体にはなれない。なぜだろうね？」

「昆虫の祖先はね、四億年前に植物の後を追っていち早く陸上に進出したんだそうだが、後から上陸してきた両生類などに食べられて危機に瀕《ひん》した。昆虫は卵をたくさん産んで生き残ろうとしたけれど、たくさん産むことで卵が小さくなり、栄養が成体になるまで持たなくなってしまった。そこで、蝶のように個体発生の途中で幼虫となって卵から一旦外に出て、栄養を十分に補給してからまた蛹となり、残された個体発生を行う種族が現れたという説があるらしい。いわば蛹の中は、卵の中に戻るような状態になるらしいよ」

なぜこの人の話は、こんなにすっきりと腑に落ちるのだろうと感心した。私はたぶん生まれ変わりたいのだ。その願望が蝶に化身する夢となって現れたのだ。そして私が卵を産みつけた場所は、間違いなくこの庭だった。

「悠平さん、私をそのソファーに一緒に眠らせて」

私の唐突な願いに、悠平さんは一瞬驚いた顔をした。私自身も、全く予期していないことだった。私の中に残るアゲハ蝶の命の営みの残照のようなものが、そんなことを言わせたのかもしれない。

「いいよ、おいで。一緒に眠ろう」

悠平さんは快く私を招き入れ、タオルケットで私の体を包み込むように腕を回した。私は悠平さんの火傷の痕が残る手を取り、両手で包んだ。思いのほかひんやりとした手だった。それからは一言も言葉を交わさなかった。悠平さんの胸に抱かれながらただじっと、庭に降り注ぐ月の光の粒子を飽きずに眺めた。

私は休職期間が終わる九月末を待たずに退職し、市内の印刷会社の仕事を請け負ってこの家でデザインの仕事を始めた。悠平さんの紹介だった。私が大学でデザインを専攻していたことを覚えていてくれたのだ。ときに悠平さんのアドバイスを受けながら描いたデザイン画は好評で、暮らしの目処は立ちつつあった。悠平さんの書斎の横に、本棚で区画された私専用の仕事場もできた。デザインの仕事の合間に庭の手入れを行い、庭仕事の合間にデッサンを描く、そんな一日を繰り返す中で、この街の空気に心も体も馴染んでいく。

考えなくても、体が自然に動く、そんな感覚がうれしくて、忙しく立ち働いた。栗の収穫の時期には、瓶詰の渋皮煮と甘露煮を次々にテーブルに並べた。種なしの甘柿がたわわに実り、食べきれないほどの収穫があった。皮を剥き、実を輪切りにして大きな笊ざるに並べ、ベランダで天日干しにした。秋が深まり収穫がひと段落すると、本格的な冬がやってきた。庭も彩を失い、冬野菜が中心となった。生き物たちも息を潜め、庭の至る所に冬を越す蛹が眠っていた。

欠落した古い記憶の代わりに、この街での暮らしが本来の記憶であるかのように、私の中を満たしていく。自分が作り変わっていく、そんな感覚がしていた。新しく形づくられていく自己をもはや自分と呼べるのか、困惑することもあったが、一日一日の積み重ねが確かな自信を私に植え付けた。

一年があっという間に過ぎ去った。

私の記憶は大きく回復するまでには至らず、あいかわらず断片的で曖昧なままの部分も多かったが、もはやここでの生活以外は考えられないほど、ここの暮らしが私に生きる力を与えてくれていた。

入梅の季節は、杏子や茱萸《ぐみ》、梅や枇杷の収穫シーズンでもある。特に杏子のジャムは悠平さんの好物だったから、大量に瓶詰にした。野菜の苗づくりと畑への定植も最盛期を迎え、悠平さんと一緒に忙しい毎日を過ごした。

しかし、長い梅雨に入ったころ、悠平さんの体力は目に見えて衰え、傍目にも畑作業がつらそうに見えた。土を耕す作業も、私の仕事になった。悠平さんは、部屋の中からじっと私の作業を見つめた。

「ぼくも、そう長くは生きられそうもないよ。どうだろう、この庭とこの家を、君に託すことはできないだろうか。ここはね、妹や弟が火傷の苦痛に泣きながら死んでいった場所なんだ。そして、その亡骸を荼毘《だび》に付したところでもある。ぼくはね、恵子さんが丹精込めたこの庭を、できるだけそのまま残してやりたい。それができるのは、君しかいないと思う。君がここに戻って来たのは、偶然じゃないような気がして仕方ないんだ。恵子さんが呼んだのではないかと、そう思うよ。できたら君に、この庭を受け継いでほしい」

悠平さんに突然そう言われて、私は返事をためらった。できればずっとここで暮らしたいという想いはあったが、さりとてたやすく引き受けられるほど簡単なことではないように思えた。

「アメリカにいる路子には手紙を書くよ。君がずっとここで暮らせるようにね。彼女はここに帰ってくるつもりはないんだ。わかってくれるよ、大丈夫だ」

そう言って、悠平さんは満足そうに目を庭に移した。

悠平さんは、自分の部屋に籠ることが多くなった。戦没者追悼式には出席できたが、翌日から寝込んでしまった。大学の後輩だという山下先生が時々往診に来るようになった。

長かった梅雨がやっと明け、夏の日差しがこの街を灼《や》き始めるころ、悠平さんはうって変わって見違えるほど元気そうに見えた。庭に出て、熟れた桃の実を自分でもいで美味しそうに食べた。雲間から夏の日差しが容赦なく照りつけ、悠平さんはしきりに空を見上げ、何かを追うように頭を巡らせた。

悠平さんは満足したように「昼寝をするよ」と言い残し、寝室に消えた。

あいかわらず、蒸し暑い午後だった。この暑さが収まるとは到底思えず、このまま永遠に灼熱の夏が続きそうに思えた。朝から鳴いていた熊蝉は午後には油蝉がとって代わり、地の底から湧き上がるようなその鳴き声は、私には空襲で死んだ人たちの無数の叫び声のように思われた。

ようやく日が陰り始めたころ、いつの間にか油蝉の声は蜩《ひぐらし》の鳴き声に代わり、高台の家々をもの悲しく包み込んでいた。

微かな風がベランダの風鈴を揺らし、私に合図をするように透き通った音色を響かせた。その瞬間、私の胸で何かが弾けた。私は包丁の手を止め、悠平さんの部屋のドアをそっと開けた。悠平さんは穏やかな表情でベッドに横になっていた。

しかし、すでに息絶えていた。大地の熱が大空に吸い上げられるように、悠平さんは天に召されていた。


葬儀は一人娘の路子さんの帰国を待って、しめやかに行われた。

アメリカから帰ってきたのは、路子さん一人だけだった。アメリカ人の夫と息子のことは、あえて誰も尋ねなかった。私と路子さんの関係は、初めからしっくりこなかった。彼女が私を心よく思っていないことは明らかだった。葬儀が終わった数日後、庭に面したベランダのテーブルで、私は彼女と向き合った。

路子さんが口を開くまでには、しばらく時間がかかった。彼女は黄葉が混ざり始めた桜の樹をじっと見上げていた。葉を散らすときが、もうすぐそこまで近づいていた。

「父が先月、手紙をくれたの。あなた、そのことはご存じ?」

「ええ、そのように聞きました」

彼女の問いに、私は素直に応じた。

「そう。でもね、父には申し訳ないけど、ここは処分することに決めたの」

彼女は私を見ようとはしなかった。

「私には、お金が必要なの。それも、まとまったお金がね。ごめんなさいね」

彼女は唇を噛んで、視線を遠い街並みに向けた。暑い一日が終わろうとしていた。

「息子が病気なの。それも、白血病なのよ。母と同じ」

彼女は他人事のように呟いた。苦悩の果てに辿り着いた諦めの言葉のように感じた。

「十年前に母が急性白血病で亡くなっているでしょう。それで、息子が訊くの、遺伝なのかってね。私たち被爆二世の追跡調査によって、原爆による遺伝的影響が認められないことは科学的な事実なのよ。でも夫は、高線量の放射線を浴びると子孫に伝わる染色体異常の発生頻度が増加するのも間違いない事実だし、一方で白血病の原因の一つに染色体異常があることも今や定説だと言うの。原爆の影響を完全には否定できないと。私たちは話し合ったわ、来る日も、来る日もね。だって、息子の半分は原爆を落としたアメリカ人の血で、半分は原爆を落とされた日本人の血なの。もし原爆が影響しているとしたら、こんなひどいことはないでしょう。自分を苦しめる、もしかしたら死に至らしめるかもしれない病気の原因を作ったのが、母国であるアメリカであり、日本かもしれないのよ」

空の東半分はすでに色を失い、あんなに明るかった西の空も、夜に侵食されていくように淡く明度を落としていた。

「たぶん、主人とは別れることになると思う。息子のことを父に報告するのをためらっていたら、こんなことになってしまって。でも、結果的によかったと思っているの、父に知らせなくて」

私はただじっと、色と形を失いかけた庭を見ていた。辺りはあいかわらず、昼間の喧騒を清め癒やすかのように蜩が鳴いていた。


明日四月一日からこの家の解体を始め、庭も畑も整地してマンションの建設に着手すると、不動産会社から知らせがあった。

荷物の整理が済んだここ数日、私はいつものように家を掃除し、庭の手入れを行い、種をまき、苗を植えた。最後の最後まで、悠平さんと恵子さんが培った普段通りの暮らし方を続けることが、二人の意志に適うように思えた。桜の樹はすでに満開を過ぎ、いま淡い桃色の花びらを自ら鱗《うろこ》を剥ぐように大量に散らしている。

私はなかなか眠れず、この庭と最後のお別れをしようと、ベランダの椅子に腰かけていた。あえて灯は点けなかった。雲間からのぞいていた月が、今は西から足早に通り過ぎる雲に陰り、辺りは闇に沈んでいる。

街が作り出す微かな地響きが夜を支配していたが、その音もさらに周波数を下げて闇の中に吸収され、それと入れ替わるように庭の生き物たちの蠢《うごめ》くような気配が辺りに満ちてくるように思われた。

足元の段ボール箱には、私のアパートに避難させようと、この庭で集めた蛹がついた枝が入っている。その中には、蛹の殻が透けてアゲハ蝶の翅が見えている羽化寸前のものも幾つか混ざっていた。私はその一つを取り出し、目の前にかざしてみた。じっと見ていると少し動いたように感じられたが、結局劇的な瞬間は訪れなかった。蛹の枝をテーブルの上の水鉢に差し掛けると、私はまた椅子に体を沈め、仄かに浮かび上がる庭のたたずまいに目を凝らした。飽きることのない眺めだった。桜の花びらが静かに体に降り積もっていく気配を感じながら、私の意識は次第に薄れ、やがて遠のいていった。


微かな笑い声が聞こえたような気がした。確かに誰かに笑われたと思った。庭の手入れをしているときに感じていた、あのざわめくような気配だった。

ぼやける意識の中で、月の光が煌々《こうこう》と庭に降り注ぎ、木々や菜園の至る所が照り輝いていた。かすむ視線を庭の隅の蜜柑の葉陰に向けると、そこには体が透き通り、きらきらと淡い輪郭だけが浮き彫りになった子どもたちがこちらをじっと見ていた。みんな防空頭巾を被っていた。

〈こんばんは。やっと、姿を見せてくれたんだ。よかった。一緒に遊ぼうか〉

私がそう問いかけると、子どもたちは恥ずかしそうに微笑み、鬼ごっこでもするように飛び跳ねながら庭で遊び出した。

ふと気配を感じて横を向くと、一瞬息を呑んだ。確かに悠平さんと恵子さんが立っていた。輪郭がぼやけ半透明に透き通った体だったが、間違いなく二人だった。万感の思いが込み上げてきた。涙が後から後からあふれた。触ろうものなら、その微かな空気の動きで形が壊れ、霧消してしまいそうなほど淡い残像だったが、私をじっと見ていた。

〈ごめんなさい、この庭を護れなくて〉

悠平さんがゆっくり首を振った。恵子さんが労わるように、私の手の上にそっと手を重ねた。子どもたちが駆け寄ってきて、二人に甘えるようにまとわりついた。悠平さんが男の子を抱き上げ、恵子さんは女の子の防空頭巾を後ろにずらし、その頬を両手でやさしくなでた。私もその輪に加わろうとしたが、金縛りにあったように体が全く動かなかった。

そのとき突如として、地面を揺さぶるように爆音が響いてきて、見上げた夜空に無数のB29爆撃機が月明かりに浮かび上がった。悠平さんと恵子さんが子どもたちを抱き寄せ、恐怖に凍りついた眼差しを空に向けた。おびただしい数の焼夷弾がヒューヒューと不気味な音を立てながら次々に落下して花火のように炸裂し、辺り一帯は瞬く間に火の海と化した。なおも無数の焼夷弾が雨のように降り注ぎ、遠く駅まで市街地一面が立ち昇る火柱に覆い尽くされ、赤く染まった旭川の奥には天を突くように燃え盛るお城が見えた。

眼前の庭では、服も髪も焼かれて燃え上がった子どもたちが手を伸ばして懸命に助けを求め、苦痛にのたうちながら断末魔《だんまつま》のうめき声を上げた。私は座ったまま眼をつむることさえできず、ただ呆然と地獄の光景を正視する以外になかった。

突然、足元の段ボール箱から無数のアゲハ蝶が一斉に飛び出した。アゲハ蝶は群れとなって空高く螺旋《らせん》状に舞い昇り、今度は急降下して悉《ことごと》く私の体に纏《まと》わりついた。蜜を吸うように口吻《こうふん》を私の皮膚に差し込み、私の体液を吸った。栄養を補給し肥え太ったアゲハ蝶は、今度はその腹部先端の生殖器から私の体内に卵と精子を注入し始めた。私は必死で抵抗し払いのけようとしたが、体が全く動かなかった。その卵は、私の体内を次第に沈降して腹部に溜まっていく。

やがて、私の体の皮膚は蛹のように固まり、体内ではあらゆるものがどろどろに溶け始めたのがわかった。筋肉も骨も内臓さえも溶けて、海の中を漂う魚体になったような無重力の感覚に支配された。気が付くと、私はどろっとした液体の塊を口から吸い込み、鰓《えら》を介して酸素を吸収していた。

私の体の変態はさらに進み、海から陸上に進出した両生類のように今度は鰓が肺組織に変化を始め、それに付随して血液の循環システムも変貌を遂げようとしていた。その間、私の下腹部に沈着した卵たちは、変態を促すように熱を持ってどくどくと胎動を繰り返した。

私は耐えがたい苦痛に目を閉じ、歯を食いしばった。あえぎ苦しみ、全身の細胞が酸素を求め悲鳴を上げた。体の末梢まで肉体を突き刺しながら血管が形成され伸びてゆく。激痛の果てに、私はついに耐えきれず断末魔の叫び声を上げた。

眼を開けると、暗く静まり返った庭があった。私の体は火照り、汗をかき、下腹部はまだ熱をもって疼いた。そのとき、テーブルの上の蛹から殻を突き破り、アゲハ蝶が羽化するのが見えた。私は、すべてが終わったことを知った。

翌朝、私は家の前の道に立ち尽くし、呆然と庭を見ていた。大型重機が運び込まれ、あっという間に庭が破壊されていく。

悠平さんと恵子さんが心血を注いだ畑の区画が、一つまた一つと鉄のキャタピラーに踏み潰されていく。悠平さんの作業小屋が、ベランダのテーブルも椅子も、鉄のアームに握り潰され、捻じ曲げられて粉々に砕かれ、チェーンソーのけたたましいエンジン音とともに桃の木も蜜柑の木も枇杷の木も、庭の果樹が次々に切り倒されていく。胸が締め付けられるように苦しいが、最後まで見届ける責任があるのだと、自分に言い聞かせた。

二人が四十年もの間暮らした家も、悲鳴を上げるように大量の粉塵をたてながら、いとも易々と壊され、解体された。桜の樹だけは、ほとんどの枝が切り落とされて幹だけになってしまったが、どうにか残された。新しいマンションのシンボルツリーになるのだと、担当者が教えてくれた。

解体作業が終わり、すべてが撤去され、きれいに整地された跡地に私は立った。この二年間の目まぐるしい出来事が、次々に浮かんでは消えた。記憶はあいかわらず欠落した部分が多く、私が生きてきた時間を取り戻すことはできていない。この先、いつ記憶が回復するかもわからず、解離性障害がいつ再発するかもしれない。

しかし、この土地に来たことは、間違っていなかった。私には、悠平さんと恵子さんから受け継いだこの庭の記憶がある。二人と心通わせた幼いころの記憶が、今の私を支えてくれている。悠平さんが教えてくれたこの土地の歴史や暮らしや文化が私の血となり、肉となって私を満たし、私を変えた。悠平さんが語った生々しい空襲の記憶さえ、私の大切な記憶の一部となった。

吹き付ける風がスカートをはためかせた。雲の切れ間から西日が一時差して、お城の一角を明るく照らした。すべてが取り払われ、あまりにもあっけなく、何も遮るものがなくなった風景だった。

桜の樹だけが、悠平さんと恵子さんがここで暮らした歳月の証として残されたが、枝を切り落とされた無残な姿が抵抗できないものの言いようのない悲しみを湛《たた》えているかのようだ。

ふと桜の根元を見ると、地面から小さなプレートが覗いていた。夢中で掘り出すと、そのアクリル板には二人の間に澄まし顔で立っている私が描かれていた。小さいころ、リビングに飾ってあったものだった。悠平さんと恵子さんが笑っていた。悠平さんの気持ちに応えられなかった悔しさに、涙が止めどなくあふれた。恵子さんと蝶たちに、庭で出会った子どもたちに、何度も何度も謝った。私はあらん限りの声で泣き続けた。それが護ることができなかった私が、この庭にしてやれる唯一の償いだった。

眼前の街に、嵐を予感させる夕闇が迫っていた。細かい雨粒が風に乗って降ってきた。雨が髪を濡らし、頬を伝い、服を濡らし、スカートから滴った。この街を白い煙のような雨の帯が風に流され、次々に通り過ぎてゆく。雨に煙った街は、無数の星々のように街灯やネオンが瞬き、渦巻銀河のように強い光を放ち始めた。雨が、この庭も、この街も、すべてを洗い清めてくれているようだ。

強くなった雨が私の顔を打ち、首筋を流れ、胸を洗い、脚を伝わって地面に落ちた。この雨はやがて川から海へ流れ、地球の大きな循環の中で再び雨となってこの土地を潤すことだろう。それは、すべての生き物を育んでくれる雨でもあった。

眼を開くと、にじんだ視界にわずかに残った桜の枝から新しい小さな葉が顔をのぞかせていた。赤みを帯びて薄くひ弱そうな葉っぱだが、この雨を吸収して大きく若葉に成長し、やがてこの桜の樹に大切な養分を供給してくれることだろう。

あの豊穣《ほうじょう》の庭はなくなったけれど、命が燃え立つ春がもうすぐそこまで来ていると、桜の樹が教えてくれていた。

参考文献

「岡山空襲展示室」岡山シティミュージアムホームページ
「小さな園芸館」https://flowers-beauty.com/

選評

寄り添い合う生と死

小川洋子

『泣き女』の主人公、ひさは、小説世界の中に確かに生きていた。「山犬みてぇに叫ぶんじゃあ、ほれ」と言って産婦を励ます声も、小さな娘の望み通り、死者を笑って送る表情も、もうどうにでもなれという覚悟で代官に立てつく気の強さも、赤ん坊を抱く腕の温もりも、すべてがありありと目に浮かんでくる。

人の生き死にに関わる仕事をしてゆく中、彼女は古くからのしきたりや、ありふれた常識に縛られない、自由な真理に行き着く。それは宇宙的な広がりさえ持っている。低い身分に生まれ、勉学の機会も与えられなかった女性が、運命に埋もれるのではなく、自分なりの人生観、人間愛に目覚めてゆくさまに、痛快なたくましさを感じた。ひさを心から応援したい気持になれた。

どんなに名もない平凡な人間でも、ちゃんと生きている。そんな当たり前のことを実感させてくれたこの作品と作者に、感謝の念を捧げたい。

『へのへの茂次郎』は文章の持つ緊張感が抜群だった。大胆な視点の動きで、否応なく読み手を引きずり込んでゆく。また、凧や鷺、月見草など、ささいな物の描写の中に、本来言葉にならないはずの人の心が映し出されていた。

特に印象深かったのは、茂次郎の汁を冷まそうとする姉の唇が、椀の縁に触れる、その一瞬を見逃さずにとらえた描写だった。後々、独自の美的センスで女性を描くようになる竹久夢二の才能の萌芽が、確かにそこにある。他の誰も気づかない、作者の目にしか見えない一瞬こそが小説を支えている。

『アゲハの記憶』の主人公は、蝶と一体化し、野生の生々しさに触れ、疑似的に死を体験することで回復してゆく。『泣き女』のひさが味わったのと同じように、生と死は離れがたく寄り添い合っている。死の気配があるからこそ、生きられる。更地に立った大地に立つ主人公の未来の無事を、祈らずにはいられない。

平松洋子

小説の第一行「厳しいお産になることを、産婆のひさは覚悟していた」。冒頭であたらしい命の誕生を描くのだが、つぎに場面は、村でおこなわれている子堕ろしに移る。最優秀賞『泣き女』の小説世界は、マジックリアリズムの気配を漂わせながら土俗的なエネルギーに満ちている。舞台は美作の村。この村では、産婆は死者の体を清める湯灌を請け負い、さらには、死者を野辺送りするとき、泣きながら棺を見送って参列者の涙を誘う泣き女の役目を担っていた。村に住む四人の泣き女たちを通じて土地の習俗が語られ、同時に女性たちの苦楽が浮かび上がるのだが、彼女たちは禁忌やエロスの領域を行き来する魔女のようでもある。涙と笑いを取り引きする展開は物語性に富み、底辺を生きる者たちと為政者との対比も鮮やか。自在に小説世界を操る著者の手腕に感嘆させられた。

優秀作『へのへの茂次郎』は、岡山県邑久郡の造り酒屋に生まれた画家、竹久夢二の幼少期を描く。注目すべきは、全編にわたって多彩に組み込まれるビジュアルが物語を立体的に立ち上がらせている点だ。細い紐で指と繋がる空中の凧、いまにも抜け出しそうな極彩色のろくろ首の絵、不安定に揺れる凧の足……イメージをさかんに喚起する。高瀬舟。川の水。鷺。月見草。初めて描いた馬の絵。自然界にまつわるさまざまなモチーフが、汲めども尽きぬ夢二の才能のおおもと、その源流に巧みに繋ぎ合わされている。

同じく優秀作『アゲハの記憶』。こころに傷をもつ女性が、少女時代の記憶を手繰り寄せて岡山を訪れ、ある庭にたどり着く。いわば魂の再生の物語。庭の主である老夫婦は回復を司る存在として描かれ、乱舞するアゲハ蝶の生態は自身の再生のメタファーでもある。庭がしだいにユートピアのような広がりをみせ、土の感触や空気や色彩や匂いが想像力を刺激する展開が、ファンタジー作品としての成功を物語っている。

松家仁之

はじめて審査に参加し、「岡山にゆかりのある作品」という本賞の規定が、応募作をじつに多様なものにしていると実感した。最終審査に残った作品を読みすすめるうち、岡山という土地をこれまでになく身近に感じるようになったことをまず書いておきたい。

最優秀賞に選ばれた『泣き女』に描かれるのは、病院で生まれ、病院で死ぬ現代とはまったく異なる江戸時代の世界である。母子ともに生死にかかわる試練となる出産をどう乗り越え、あるいは乗り越えられなかったのか。その運命を一手に引き受けていたお産婆が、人の死に際して演じていた役割に驚かされた。貧しい百姓の家に女の子が生まれることの意味あいを里言葉で浮かびあがらせながら、歴史書にはない物語ならではの語り口によって、「泣き女」たちの息詰まるような葛藤と叛逆を描く。過酷な世界の終盤、一筋の希望をもたらそうとする作者のたくらみは、みごとに成功している。

優秀作の『へのへの茂次郎』は、竹久夢二の幼少期を描き、その独特な絵画の由来をひもといてゆく。幼い茂次郎が家の外で見た光景。室内の天井の模様に現れる物語。茂次郎が惹かれるろくろ首やのっぺら坊の絵は、夢二の絵画世界につながる曲線をもち、生きることの儚さにもつながっている。旅芸人の一座の女とのやりとりは、夢二の女性への憧憬の芽生えに立ち会うかのようであり、ふたりのあいだにある月見草は、後年の歌曲「宵待草」への、どこかなまめかしい視覚的なオマージュとなって鮮やかだ。

優秀作の『アゲハの記憶』は、庭に果樹を植え、花壇や菜園をつくる物静かな老夫婦と、こころに傷を負った主人公の密やかな交流を描く。果樹の庭に守られ繁殖するアゲハ蝶の生態と、老夫婦が経験した空襲と原爆の記憶は、戦争で亡くなった子どもたちのまぼろしの姿や、卵からアゲハ蝶へと変態する感覚の追体験的な幻想へとつながってゆく。主の死によって取り壊され、一本の桜のほかすべてが失われた土地は、無惨とも見える光景でありながら、主人公の現実への生還を暗示させる。ファンタジーと見えた世界が最後にリアルな焦点を取り戻す、巧みな転換といえるだろう。

内田百閒（うちだひゃっけん）

一八八九〜一九七一

（小石　清撮影）

明治二十二年（一八八九）五月二十九日、岡山市中区古京町にあった裕福な造り酒屋「志保屋」の跡取り息子として生まれる。栄造と名付けられた少年は、気丈な祖母、商売熱心な父、のんびりした母に見守られ、物心両面に恵まれた暮らしの中で成長する。しかし、百閒が県立岡山中学校時代に生家の造り酒屋が廃業したため、好きな道を選ぶことになった。

その後、岡山の旧制第六高等学校でドイツ語を学び、東京帝国大学へと進み、卒業後は士官学校や法政大学のドイツ語教師として勤める。その間、文学への夢も絶ちがたく、大正十一年（一九二二）に小説集『冥途』を刊行するが、これは広く世に知られることはなかった。

昭和八年（一九三三）、初期に発表した小説とは全く趣も異なる、身近の出来事を書き綴った『百鬼園随筆』を刊行する。これは、重版に次ぐ重版という大人気となった。翌年、法政大学を辞した後は文筆活動に専念する一方で、戦中は日本郵船に文章の指南役を委嘱されて勤めた。

戦後は、行く先に用事がないのに出かける『阿房列車』や失踪した愛猫ノラを探す『ノラや』などが知られている。百閒の作品には幼少期の岡山や家族、友人、先生、好きな食べ物や鉄道などが登場し、古里岡山で過ごした少年の日々が鮮やかに書き残されている。百閒の作品が今でも多くの人々に読み継がれているのは、古里や身近な者への愛情など、時を超えて共感できる普遍の感情が書き綴られているからだろう。

心の中に残る古里を大切にし、ついに岡山には戻らなかった百閒の居間には、カレンダーから切り取られた後楽園の写真が貼ってあったそうである。

岡山県「内田百閒文学賞」

本文学賞は、岡山県が生んだ名文筆家内田百閒の生誕百年を記念して、平成二年度に「岡山・吉備の国文学賞」として創設され、平成十二年度第六回から「内田百閒文学賞」に改称した。

岡山の文化の振興を図り、岡山の魅力を全国にＰＲするため、〝岡山にゆかりのある作品〟を募集している。

第十七回は、全国三十九都道府県及び海外四カ国から、三〇五編の応募があった。一次・二次審査を経て、最終審査員の小川洋子氏（作家）、平松洋子氏（作家、エッセイスト）、松家仁之氏（作家、編集者）による最終審査が行われ、最優秀賞一編、優秀賞二編が選ばれた。

主　催　岡山県
公益財団法人岡山県郷土文化財団

特別協賛　岡山商工会議所

協　賛　岡山ガス株式会社
後楽園魅力向上委員会
山陽文具株式会社
ナカシマホールディングス株式会社
ネッツトヨタ岡山株式会社
双葉電機株式会社
株式会社メレック
両備ホールディングス株式会社
外六社

協　力　株式会社ベネッセホールディングス
公益財団法人吉備路文学館

第十七回 岡山県
内田百閒文学賞 受賞作品集

二〇二五年三月三一日 初版第一刷発行

■編　集――公益財団法人岡山県郷土文化財団
■発行者――佐藤 守
■発行所――株式会社大学教育出版
〒七〇〇－〇九五三 岡山市南区西市八五五－四
電　話 (〇八六)二四四－一二六八(代)
FAX (〇八六)二四六－〇二九四
■印刷製本――モリモト印刷㈱
■D T P――林 雅子
■装　丁――原 美穂

ISBN978－4－86692－345－1